ÉTONNANTS

PIERRE BORDAGE

Nouvelle Vie™

et autres récits

Présentation, notes et dossier
par Fabien Clavel,
professeur de lettres

Flammarion

Édition revue, 2013.
ISBN : 978-2-0813-1478-8
ISSN : 1269-8822

SOMMAIRE

PRÉSENTATION

Vie et œuvre de Pierre Bordage

Biographie[1]

Jeunesse

Pierre Bordage est né le 29 janvier 1955 à La Réorthe en Vendée. Issu d'une famille extrêmement croyante et catholique (l'un de ses oncles est prêtre), il connaît très jeune des aspirations mystiques. C'est à sa demande qu'il intègre le séminaire en 1965. Il a alors dix ans. Le séminaire lui permet de découvrir, outre la Bible, la culture antique, notamment les mythologies avec *Les Métamorphoses* d'Ovide, le roman avec *L'Âne d'or* d'Apulée, mais aussi le latin : l'exercice de la version lui apparaît comme un jeu avec la langue. Il intègre ensuite une institution religieuse pour en ressortir, deux ans plus tard, tout à fait écœuré par le caractère doctrinaire de ce qu'on lui enseigne en matière de spiritualité.

Bordage poursuit sa scolarité dans plusieurs lycées en Vendée avant de passer le bac « sans gloire », selon ses propres termes, en 1973. Il s'inscrit alors en lettres modernes à l'univer-

1. Les informations suivantes sont tirées d'interviews données par Pierre Bordage et accessibles en ligne, ainsi que d'un entretien avec le romancier aux Utopiales de Nantes en novembre 2010. Je tiens d'ailleurs à remercier Pierre Bordage pour sa disponibilité et sa gentillesse.

sité de Nantes. C'est là qu'il rencontre sa future épouse. Bordage découvre la musique psychédélique, prend des cours de banjo et de guitare avec un certain Patrick Couton qu'il retrouvera plus tard dans d'autres circonstances.

Toujours guidé par des élans mystiques, il part en 1975, avec sa compagne, pour un voyage de trois mois en Inde et y découvre enfin ce à quoi il aspirait : une spiritualité libre et expérimentale. Par la suite, il revient à plusieurs reprises dans ce pays. Cette découverte coïncide avec celle de la science-fiction puisqu'il a lu, un an auparavant, le roman *Dune* de Herbert et qu'il lit ensuite *Les Chroniques martiennes* de Bradbury au cours d'un atelier d'écriture. En 1977, la sortie du premier film de la saga *Star Wars* lui fait forte impression. Bordage quitte ensuite l'université sans avoir terminé sa maîtrise de lettres modernes.

Les débuts

Le couple monte alors à Paris et tient, entre 1981 et 1984, une librairie ésotérique[1], rue d'Alésia, dans le 14e arrondissement. L'une de leurs meilleures clientes est Françoise Hardy, férue de sciences occultes.

Puis, en 1985, dans l'idée de mettre en pratique ses recherches spirituelles, Bordage part avec sa femme s'installer dans le Gers. Le couple vend de la brioche faite maison sur les marchés pour récolter un peu d'argent. En effet, Bordage se consacre à un gros roman de deux mille pages : *Les Guerriers du silence*. Il le rédige entièrement et l'envoie à différentes maisons d'édition. Il n'essuie que des refus, les auteurs de science-fiction français étant réduits à la portion congrue dans les collections

---

1. L'ésotérisme désigne des connaissances secrètes et auxquelles on ne peut accéder que par une initiation. La plupart des religions comprennent des courants ésotériques.

dédiées au genre. Après cette période retirée et ascétique, la famille revient sur Paris. Bordage travaille un moment à vendre des jouets à des comités d'entreprise. Puis, il devient journaliste sportif pour un groupe de presse publiant *Le Sport*, *Top Foot*, *Master Golf*, etc.

Un autre roman est déjà en gestation : *Rohel*. Justement, les Éditions Vaugirard acceptent le projet en 1992. Il entame donc l'écriture d'une série qui comptera quatorze tomes. Parallèlement, il découvre un roman d'Orson Scott Card, *Les Chroniques d'Alvin le Faiseur*, traduit par Patrick Couton, son ancien professeur de banjo et de guitare. Ce livre est publié par un éditeur nantais, L'Atalante, qui accepte le manuscrit des *Guerriers du silence*. Le premier tome de ce qui est devenu une trilogie est publié l'année suivante. Le succès est immédiat. Bordage remporte le grand prix de l'Imaginaire et le prix Julia Verlanger en 1994.

Le succès

En 1996, Bordage déménage avec femme et enfants en Dordogne. Il y écrit son cycle suivant, *Wang*, également couronné par le prix Tour Eiffel en 1997. Le décor de la région lui inspire aussi *Les Fables de l'Humpur*, roman dans lequel la Dordogne devient la Dorgne, région perdue dans un monde retourné à la sauvagerie.

En 1999, la famille déménage de nouveau. Cette fois, la destination est Kansas City aux États-Unis. L'occasion vient d'amis américains du Gers qui leur proposent de venir vivre dans le Middle West. Le séjour dure deux ans que l'auteur met à profit pour visiter une partie de la côte Ouest en van, traversant les parcs du Yosemite et de Grand Teton, la Vallée de la Mort, Las Vegas. Bordage conduit. Cette fois, les paysages l'inspireront pour l'un des romans qu'il écrit là-bas : *Orchéron*.

De retour en 2001 en France, la famille s'installe à Boussay dans le sud-est de la Loire-Atlantique, non loin de Nantes. Bordage se souvient d'être au téléphone avec un ami de New York lorsque survient l'attentat du 11 septembre. L'événement le marque d'autant plus qu'il avait évoqué le thème dans le roman qui paraît la même année : *L'Évangile du serpent*.

Ce roman constitue le début d'une nouvelle aventure éditoriale. S'il est resté fidèle à L'Atalante pour ses manuscrits de science-fiction, Bordage expérimente une inspiration plus contemporaine, plus réaliste, aux éditions Au Diable Vauvert. *L'Évangile du serpent* lui vaut d'ailleurs le prix Bob Morane 2002.

Les retrouvailles avec l'ouest de la France lui inspirent également une trilogie de *fantasy* historique, *L'Enjomineur*, qui se déroule en Vendée pendant la période révolutionnaire.

Bordage s'impose comme une figure incontournable de la science-fiction française, selon l'expression consacrée. Ses romans sont traduits à l'étranger. Il devient, à partir de 2001, le président du festival des Utopiales de Nantes. Le cinéma s'intéresse à lui. Il coécrit plusieurs scénarios pour les films *Kaena* (2003), *Eden Log* (2007) ou *Dante 01* (2008). À partir de 2005, son cycle des *Guerriers du silence* est adapté en bande dessinée. Bordage est également sollicité pour écrire pour la jeunesse.

En 2009, au cours de vacances en Inde, son épouse meurt des suites d'un accident de la circulation. Très affecté par ce deuil, l'auteur revient vivre à Nantes. Il y poursuit aujourd'hui l'écriture de son œuvre.

Bibliographie

« L'imaginaire pur[1] »

Les débuts littéraires de Bordage se font en 1992 avec le début du cycle de *Rohel le conquérant*[2] qui comptera finalement quatorze romans répartis en trois cycles. Le titre même met en avant la figure du héros. Saphyr, fiancée de Rohel, est enlevée par le peuple des Garloups. Pour la retrouver, Rohel doit dérober le *Mentral*, une formule extrêmement puissante que tout le monde recherche. Le héros traverse donc les galaxies pour échapper à ses ennemis. C'est l'occasion pour Bordage de proposer une histoire où le rythme des aventures prime tout le reste. Cependant, il développe ainsi son genre de prédilection : le *space opera*. Il s'agit d'un sous-genre de la science-fiction qui se caractérise par des aventures épiques dans l'espace, avec une insistance sur les relations complexes entre les différents ensembles politiques. L'influence de *Star Wars* se fait ici sentir. Bordage qualifie ce cycle de « formidable école d'écriture », notamment parce qu'il devait fournir trois ou quatre livres par an pour cette série. On y trouve d'ailleurs en germe la plupart des thèmes qu'il développera par la suite : la lutte contre l'obscurantisme religieux, la figure du héros…

Même si l'écriture est antérieure, le cycle des *Guerriers du silence*[3] a vu sa parution commencer un an après celle de *Rohel*. Il est rapidement salué par la critique comme une réussite et

---

1. Nous reprenons une expression utilisée par l'auteur lui-même dans des entretiens en ligne sur le site internet ActuSF, pour désigner les ouvrages parus à L'Atalante.

2. Originellement publiée chez Vaugirard entre 1992 et 1997, la saga a été rééditée chez l'Atalante en trois omnibus : *Cycle de Dame Asmine d'Alba, Cycle de Lucifal* et *Cycle de Saphyr* (1999-2000).

3. La trilogie est publiée entre 1993 et 1995.

remporte plusieurs prix. Les thèmes et les techniques sont les mêmes que dans *Rohel*. Cette fois, le héros Tixu Oty, est un médiocre employé jusqu'au jour où sa rencontre avec la belle Aphykit le propulse dans des aventures galactiques qui l'opposent notamment à l'Église du Kreuz et aux dangereux Scaythes. S'arrêter à ces similitudes serait passer à côté de la capacité d'invention de l'auteur dans les situations, les décors et même le lexique. *Les Guerriers du silence* sont considérés comme l'une des plus belles réussites de Bordage. C'est à ce titre que le cycle connaît une adaptation en bande dessinée[1].

Le diptyque *Wang*[2] change le ton avec une science-fiction d'anticipation plus classique. L'histoire se déroule sur terre dans un avenir relativement proche où le monde est divisé en deux par le « RideauÉlectromagnétique ». Le héros franchit cette limite et se retrouve pris dans des jeux de guerre à grande échelle.

Bordage revient au *space opera* avec *Abzalon* qui décrit le long voyage de pèlerins de l'espace. L'intrigue en huis clos y est épurée. La suite, *Orchéron*, se déroule cinq cents ans plus tard sur la planète colonisée dont la description détaillée, qui doit notamment au séjour de l'auteur aux États-Unis, renvoie à un autre sous-genre : le *planet opera*, où les personnages sont amenés par l'intrigue à explorer une planète précise et à en découvrir les secrets.

Le diptyque *Griots célestes* retrouve les immensités spatiales : ces griots[3] d'un nouveau genre sont des conteurs qui établissent les derniers liens au sein d'une humanité éparpillée

---

1. *Les Guerriers du silence*, Algésiras, Philippe Ogati, Thierry Leprévost, Stéphane Servain, Éditions Delcourt (quatre tomes parus entre 2005 et 2008).

2. Les deux tomes du cycle sont publiés en 1996 et 1997.

3. En Afrique, le griot est à la fois un conteur, un historien et un chroniqueur qui transmet les traditions à l'oral.

dans l'univers. *La Fraternité du Panca*, son dernier cycle en date[1], se structure autour des cinq membres de la Fraternité qui doivent être réunis malgré l'immensité de l'espace pour contrer une menace pesant sur l'humanité.

« L'aspect contemporain[2] »

Un tournant est amorcé dans l'inspiration de Bordage en 1999 avec la parution de *Graine d'immortels*. Il s'agit d'un thriller scientifique mettant en scène Mark Sidzik, astrophysicien devenu enquêteur, face à une affaire de trafic de gènes dans l'Inde contemporaine. On reconnaît le goût de Bordage pour ce pays qu'il a choisi pour décor. Le thème de la manipulation génétique arrive également au premier plan.

Par la suite, Bordage poursuit dans cette veine avec les jeunes éditions Au Diable Vauvert, fondées en 2000. Entre 2001 et 2005, le romancier publie la *Trilogie des Prophéties*[3]. Le premier volume se définit comme une réécriture contemporaine de l'évangile : un messie, nommé le Christ de l'Aubrac, s'entoure de quatre évangélistes pour propager la bonne parole. Dans le deuxième tome, Bordage raconte les aventures de deux adolescents dans une Europe livrée à l'apocalypse, suite aux révélations du Christ de l'Aubrac. La trilogie se clôt sur l'évocation du continent ravagé par une guerre entre Orient et Occident, où une mère recherche sa fille.

En 2007, *Porteurs d'âmes* explore la possibilité du voyage extracorporel. Quant au *Feu de Dieu* (2009), qui reprend égale-

---

1. Les trois premiers tomes sont parus. Le quatrième doit sortir en 2011.
2. Expression utilisée par l'auteur lui-même, dans des entretiens en ligne sur le site ActuSF de juillet 2007, pour désigner les ouvrages parus au Diable Vauvert.
3. Le cycle comprend *L'Évangile du serpent* (2001), *L'Ange de l'abîme* (2003) et *Les Chemins de Damas* (2005).

ment les codes du thriller, il raconte la survie d'une famille alors que le monde est frappé par un terrible cataclysme.

Dans la plupart de ses romans, Bordage utilise des techniques similaires, à savoir une narration alternée où chaque chapitre permet de passer d'un personnage à un autre, en adoptant son point de vue.

Diversifications

Cependant, Bordage ne se contente pas de reproduire à l'infini une recette qui fonctionne. Si les thèmes obsessionnels de l'auteur demeurent, il s'impose parfois des contraintes d'écriture différentes. En témoignent ses *Fables du L'Humpur* (1999) où l'on se concentre sur un héros menant une quête : retrouver les hommes disparus. En effet, la terre est désormais habitée par des créatures qui retournent lentement à l'animalité. Pour raconter son histoire, l'auteur a forgé un lexique complexe, parfois déroutant en début de lecture, pour décrire son monde[1]. Ce travail s'éloigne tant des univers habituels de l'auteur que l'œuvre est rééditée en littérature générale[2].

Il s'essaye également à l'écriture feuilletonesque avec *Les Derniers Hommes*, publié en six épisodes mensuels. *Nuits-lumière* est une enquête proposée dans le cadre du premier festival Fantastic'Alpes de Guillestre. La documentation sur la région y tient une place importante. Entre 2004 et 2006, Bordage écrit la trilogie de *fantasy* historique *L'Enjomineur* qui revient sur la période de la Révolution française en mêlant de la magie aux événements historiques.

---

1. La Dordogne y devient la « Dorgne », les hommes-cochons sont des « Grognes », les hommes-loups des « Hurles », les hommes-rats des « Ronges ».
2. Chez J'ai Lu, mai 2002, avec en couverture un détail de *La Tentation de saint Antoine* de Jérôme Bosch.

Après avoir travaillé sur la novélisation du jeu vidéo *Atlantis* (Cryo Interactive, 1997), puis sur celle du film d'animation *Kaena, la prophétie* (2003), le romancier coécrit deux scénarios de films : *Eden Log* (2007) et *Dante 01* (2008).

L'expérience de *Kaena* lui permet aussi de s'essayer à la littérature jeunesse avec deux romans uchroniques[1] : *Ceux qui sauront* et *Ceux qui rêvent*.

Enfin, l'auteur voit paraître, en 2004 et 2010, deux recueils de nouvelles : *Nouvelle Vie™* et *Dernières nouvelles de la terre...*

La nouvelle de science-fiction

Le genre de la nouvelle[2]

Bref historique du genre

La nouvelle est un genre dont l'évolution épouse en partie l'histoire du texte imprimé. Elle a en effet connu son essor au XVIe siècle, parallèlement à l'imprimerie. Cependant, elle hérite de genres déjà établis au Moyen Âge, comme les fabliaux : le premier recueil de nouvelles françaises date d'ailleurs du XVIe siècle avec *Cent Nouvelles Nouvelles*. La Renaissance aménage le genre en mettant en avant la vraisemblance du récit. On peut mesurer la différence en comparant les nouvelles du *Décaméron* de

1. L'uchronie est un sous-genre de la science-fiction où l'auteur réécrit l'histoire en modifiant un événement du passé. Dans le cas qui nous occupe, Jules Ferry est assassiné avant de rendre l'école obligatoire pour tous.
2. Sur le sujet, on peut se reporter au petit livre de Franck Evrard, *La Nouvelle*, Seuil, 1997.

Boccace (XIVe siècle) et l'*Heptaméron* de Marguerite de Navarre (XVIe siècle) qui s'en inspire. Si l'on conserve le côté grivois des histoires, on leur ajoute une vocation pédagogique, notamment en mettant en scène les commentaires des auditeurs.

Aux XVIIe et XVIIIe siècles, le genre profite de la critique puis de l'éclipse provisoire de son concurrent principal : le roman. On se concentre ainsi sur le réalisme, la concision et la simplicité pour s'écarter, par exemple, du roman baroque et de ses interminables intrigues amoureuses enchâssées les unes dans les autres. Les Lumières donnent au récit bref une mission didactique, comme en témoigne la création d'un genre voisin : le conte philosophique.

Le genre de la nouvelle connaît un succès extrêmement important au XIXe siècle. Le développement de la presse ouvre à cette époque de nombreux débouchés aux écrivains. Les quotidiens ont besoin de textes à proposer à leurs lecteurs. Ils sont ainsi un mode privilégié de diffusion de la nouvelle et influent sur sa forme. Le journal demande en effet des textes courts, ce qui oblige les auteurs à ramasser et condenser leurs récits. Mais le contenu est également modifié car ces journaux s'adressent à un public élargi : le peuple. Il faut donc que celui-ci apparaisse dans ces histoires, souvent à travers des héros modestes.

Une porosité se crée aussi entre le contenu des articles et celui des nouvelles. Les faits divers et les chroniques judiciaires rapportés dans les colonnes des quotidiens inspirent les auteurs. Le genre vit donc une proximité étroite avec les réalités de la vie. De nombreux écrivains le pratiquent, tels Maupassant ou Zola.

Le genre commence à se fixer et adopte des règles plus précises : le narrateur prend une importance accrue, le récit est rigoureusement construit en vue du dénouement. On recherche souvent un effet de surprise à la fin de la nouvelle : la chute.

En outre, deux voies principales se dessinent pour la nouvelle : soit on accentue son caractère réaliste de façon à décrire l'époque avec toute l'acuité qu'elle mérite ; soit on joue sur le fantastique en laissant le lecteur hésiter entre une explication rationnelle et une explication surnaturelle. Ces deux directions sont influencées par une pensée pessimiste qui se développe à la même époque et amène à remettre en question le sujet ainsi que le système des valeurs.

Au XXe siècle, le genre, bien qu'il soit enfin reconnu, marque le pas. Même si l'on peut citer quelques nouvellistes très célèbres, comme Buzzati ou Borges, la nouvelle apparaît désormais comme un genre mineur. Ainsi, le public est peu attiré par ce type de publications qui servent souvent à faire connaître des auteurs étrangers. Déjà, Maupassant, maître de la nouvelle au XIXe siècle, utilisait ces textes comme de premiers essais pour ses romans. *Bel-Ami* reprend près d'une cinquantaine de nouvelles. Sartre qualifiait lui-même ses textes courts de « bluettes ».

Roman, conte, nouvelle ou anecdote ?

La définition de la nouvelle est assez floue : au XIXe siècle, par exemple, les mots « contes », « anecdotes » et « nouvelles » sont employés comme des synonymes. Cela explique que les éditions des textes narratifs brefs de Zola ou de Maupassant sont souvent intitulées *Contes et nouvelles*[1].

Le genre peut néanmoins se définir en opposition avec deux genres voisins : le conte et l'anecdote. Le conte a en effet pour caractéristiques de se transmettre plutôt oralement et de s'éloigner du réalisme. Il relate souvent des histoires anciennes. À l'inverse, la nouvelle, par son origine, laquelle se traduit dans

1. Voir les volumes parus dans la « Bibliothèque de La Pléiade », chez Gallimard, de Roger Ripoll (1976) pour Zola et de Louis Forestier (1974 et 1979) pour Maupassant.

son nom même, est davantage en phase avec le réel et l'actualité.

Quant à l'anecdote[1], elle s'avère encore plus brève et plus simple que la nouvelle parce qu'elle s'attache davantage à l'histoire qu'elle raconte qu'à la manière de la raconter. Ainsi, dans une anecdote, le développement et la présence du narrateur sont réduits au minimum, contrairement à la nouvelle qui se préoccupe davantage de stylisation et d'esthétisation.

La nouvelle appartient également aux genres brefs et, de ce fait, s'oppose au roman. Cette brièveté lui impose certaines caractéristiques comme un nombre plus réduit de personnages, d'événements et de lieux. En outre, le rythme en est plus rapide. Concernant la limite de longueur entre les deux genres, si les critiques ont bien du mal à s'entendre sur un nombre de pages, ils s'accordent pour dire que la nouvelle est faite pour être lue d'une traite.

La science-fiction

Le terme de « science-fiction »

Le terme apparaît sous la forme *scientifiction* en 1924. C'était le titre annoncé d'un magazine qui, finalement, s'intitulera *Amazing Stories*[2]. Le terme anglais *science fiction* trouve sa forme définitive cinq ans plus tard sous la plume de Hugo Gernsback, un romancier américain, dans le premier numéro d'une autre revue : *Science Wonder Stories*. En France, avant les

1. Le *Grand Robert de la langue française* la définit ainsi : « Particularité historique, petit fait curieux (épisode, événement, mot, répartie, trait...) dont le récit peut éclairer le dessous des choses, la psychologie des individus ».
2. Pour une approche du genre, on consultera le volume « Que Sais-Je ? » de Jacques Baudou consacré à la science-fiction. Le développement suivant lui doit beaucoup.

années 1950, d'autres expressions ont existé pour désigner le genre : on a parlé d'« anticipation », de « merveilleux scientifique ». De même, un auteur américain, Robert Heinlein, préférait le terme de « *speculative fiction* ». Chacun met l'accent sur une spécificité du genre.

Le *Grand Robert* définit la science-fiction comme un « genre narratif faisant intervenir des événements ou un univers imaginaires utilisant des données de la science ou de la technologie contemporaine en les extrapolant notamment par anticipation dans le temps ou en les modifiant[1] ». La science-fiction appartient donc aux littératures de l'imaginaire. Elle se construit d'abord sur une opposition entre l'aspect scientifique, qui réclame un discours réaliste, et une part d'imaginaire, qui le rapproche du merveilleux.

L'histoire du genre commence avec les écrits de Jules Verne, H. G. Wells et Edgar Allan Poe (d'ailleurs publiés dans *Amazing Stories*). Selon certains auteurs[2], le premier roman de science-fiction est *Frankenstein* (1818) de Mary Shelley. Mais on peut remonter aux voyages imaginaires de Lucien de Samosate ou de Cyrano de Bergerac, ou bien aux utopies, comme celle de Thomas More, pour découvrir des précurseurs à la science-fiction.

Par la suite, au cours du XXe siècle, le genre est diffusé aux États-Unis à travers des revues et des magazines spécialisés. Parmi les auteurs les plus célèbres, on peut citer Isaac Asimov, Robert Heinlein, Philip K. Dick, Robert Silverberg, ou bien George Orwell, Aldous Huxley et Michael Moorcock en Angleterre. En France, le genre a connu des hauts et des bas. Certains écrivains ont marqué leur époque : J. H. Rosny aîné (auteur notamment,

1. *Grand Robert de la langue française*, 2001, tome VI, p. 256.
2. Notamment Brian Aldiss dans son histoire de la science-fiction *Billion Year Spree*.

dans un autre genre, de *La Guerre du feu*). René Barjavel, Jean-Pierre Andrevon ou Serge Brussolo.

Les sous-genres

Au cours de son histoire, la science-fiction a donné naissance à de nombreux sous-genres : le *space opera*, l'uchronie, l'anticipation, le voyage dans le temps, le *cyberpunk*, le *steampunk*, le *planet opera*, la *hard science fiction*, la dystopie[1] ou le post-apocalyptique[2]. Si l'on se concentre sur ceux pratiqués par Bordage, on doit parler du *space opera* qui fut le sous-genre phare de la science-fiction pendant des années, au point de résumer à tort le genre tout entier. Comme nous l'avons vu plus haut, Bordage a également pratiqué l'uchronie (*Ceux qui sauront*), le *planet opera* (*Orchéron*) ou le post-apocalyptique (*Les Derniers Hommes*).

Dans notre recueil, mis à part « Jour de noces » qui renvoie au post-apocalyptique, les nouvelles se rangent dans une catégorie classique de la science fiction : l'anticipation, où l'action se situe dans un futur proche ou hypothétique. Comme cet avenir est toujours sombre, on peut aussi les rapprocher du genre dystopique.

L'élasticité du genre de la science-fiction, due en particulier à cette tension qui l'anime entre merveilleux et réalisme, a brouillé certaines frontières. Ainsi des collections initialement dédiées à la seule science-fiction publient aussi des œuvres de

1. ***Dystopie*** : Appelé aussi « contre-utopie », ce genre se caractérise par la peinture d'une société imaginaire organisée de façon à empêcher ses membres d'être heureux. La dystopie s'oppose ainsi à l'utopie qui veut représenter une société parfaitement organisée pour apporter le bonheur à ses membres.
2. Dans ce sous-genre, l'histoire se situe après une catastrophe qui a presque fait disparaître l'humanité. Le récit se concentre alors sur le parcours des survivants face à un monde en ruine.

fantasy[1]. Ce genre très en vogue a tendance à se projeter dans le passé quand la science-fiction se tourne davantage vers l'avenir, et à proposer une explication magique quand la science-fiction propose une explication scientifique. L'apparition de sous-genres tels que la *science fantasy*[2] témoigne de cette proximité.

La forme de la nouvelle de science-fiction

La nouvelle est attachée au genre de la science-fiction. En effet, aux États-Unis et en Angleterre, les revues évoquées plus haut ont été des facteurs importants de la diffusion du genre jusque dans les années 1960. Or, elles donnaient des feuilletons et des nouvelles, dont le format était plus adapté à ce mode de publication. De nombreux auteurs ont été connus en France à travers des nouvelles, notamment grâce la *Grande anthologie de la science-fiction* au cours des années 1970 et 1980, sous la direction de D. Ioakimidis, G. Kelin et J. Goimard. Cette collection d'anthologies thématiques a connu trente-six volumes ; sa troisième série est d'ailleurs consacrée aux auteurs français.

La nouvelle de science-fiction française a encore de beaux jours devant elle, notamment grâce aux anthologies qui révèlent de nouveaux auteurs. Des revues se spécialisent aussi dans le genre : ainsi « Jour de noces » a d'abord été publiée dans la revue *Galaxies* en 2001.

---

1. L'œuvre emblématique du genre est *Le Seigneur des Anneaux* de J. R. R. Tolkien.

2. Ce terme, parfois contesté, désigne notamment le *Cycle de Majipoor* de Robert Silverberg ou *La Ballade de Pern* d'Anne McCaffrey.

Signification de l'œuvre

L'art de la nouvelle

Origine et structure du recueil

Bordage s'est fait connaître directement avec des textes longs. Comme il le dit lui-même[1] : « Je ne suis pas un nouvelliste naturel, ayant tout de suite commencé par le texte long, mais j'y prends goût, de plus en plus, pour le formidable exercice de précision que réclame la nouvelle. Je reste adepte des textes longs, mais je continuerai d'écrire des nouvelles, si on m'en demande. Il faut la plupart du temps que je sois provoqué, par un sujet, un anthologiste, pour m'y mettre, preuve que ce n'est pas encore vraiment naturel. »

Ainsi, les textes qui composent notre anthologie, ont été publiés sur divers supports. « Ma main à couper » a été écrite dans le cadre de La Nuit de l'écriture à Rezé en 1999[2]. Comme on l'a vu plus haut, c'est la revue *Galaxies* qui a publié « Jour de noces » dans les pages de son numéro 21 en 2001. « La classe de maître Moda » date de juillet 2002 et est parue dans « L'école dans une société de l'information : cinq scénarios pour le futur », un fascicule édité à l'initiative du ministère de l'Éducation nationale et en partenariat avec le CREPAC d'Aquitaine[3]. « Les frères du G5 » a été publiée dans le journal *Presse-Océan* à l'occasion du festival des Utopiales de Nantes en novembre

1. Voir l'entretien en ligne sur le site ActuSF.

2. La commune de Rezé est limitrophe de Nantes.

3. Les quatre autres auteurs étaient Ayerdhal, Pierre Christin, Sylvie Granotier et Annie Leclerc. Les nouvelles avaient été publiées en avant-première sur le site du journal *Le Monde*. Une publication papier fut distribuée gratuitement aux participants de l'Université d'été de la communication de 2002.

2002. Quant à « Nouvelle Vie™ », elle a été écrite pour le recueil auquel elle a donné son titre, paru en 2004.

Nouvelle Vie™ comprenait douze nouvelles et un préambule. Cinq d'entre elles forment le présent recueil. Elles ne sont présentées ni dans l'ordre chronologique, ni dans celui fixé initialement par L'Atalante. Nous avons fait le choix de structurer cette suite d'histoires en miroir avec comme axe central la seule nouvelle qui appartienne au genre post-apocalyptique et se projette loin dans l'avenir : « Jour de noces ». Les deux premières nouvelles sont construites autour de la mainmise de sociétés privées sur la vie des personnes, tandis que les deux dernières montrent des personnages qui finissent par échapper à cette emprise. On remarquera également que l'expression « nouvelle vie » ouvre le recueil avec le titre de la nouvelle éponyme et qu'elle le clôt dans la dernière ligne des « Frères du G5 ».

L'espace et le temps

Malgré ses déclarations, Bordage maîtrise tout à fait les fondamentaux du genre. À l'opposé de l'ampleur de ses romans, il a réduit considérablement le cadre spatio-temporel de ses nouvelles. Ainsi, « Nouvelle Vie™ » se déroule dans un « appartement niché au cœur de la vieille cité de Paris » entre « cinq heures du matin » et « six heures ». Le cadre est plus flou dans « La classe de maître Moda ». On peut supposer que João a intégré la classe en septembre, tandis qu'Emna évoque la limite de « Noël » pour passer au cycle suivant et que sa mère attend encore les résultats du « trimestre ». Ainsi, l'histoire se déroulerait sur trois mois, mais elle se concentre surtout sur quelques jours, entre le moment les camarades d'Emna la nomment « porte-parole » et celui où elle « coup[e] la connexion ». Le narrateur ajoute qu'« elle ne [sort] pas souvent de chez elle (une fois par semaine, et encore) ». Quant à « Jour de noces », si le temps y est en quelque sorte réduit aux « noces de tante Marthe et d'oncle Stan », l'espace est limité au « domaine ». « Ma main à couper » se tient principalement à « Rezé » sur une durée d'environ vingt-quatre heures entre « cette nuit-là » où le héros apprend l'existence du jeu et « cette nuit fatidique » au cours de laquelle le jeu se déroule. Enfin, « Les frères du G5 » se joue dans « la ville de Nantes » entre « dix-huit heures » et « la nuit nantaise ».

Action et personnages

Chaque nouvelle est construite autour d'un personnage principal qui se trouve en opposition avec un second, tandis qu'un troisième vient arbitrer ce rapport. Le tableau suivant résume cette dynamique :

	Personnage principal	**Personnage(s) opposé(s)**	**Personnage arbitre**
« Nouvelle Vie™ »	Jérémie Quint	Les deux employés de Vie™	Lisbeth
« La classe de maître Moda »	Emna	João	La pédago-commerciale
« Jour de Noces »	P'tit Tom	La famille	Pépé Jo
« Ma main à couper »	Azem	Joa L'« employeur » Les « quatre cinglés »	Marie
« Les frères du G5 »	Le frère du G5	L'originel	« Une femme [aux] longs cheveux bruns »

L'action est assez réduite et conduit à une transformation du personnage principal, souvent dramatisée par une chute. On apprend en effet dans les dernières lignes de chaque nouvelle quelle est la vraie raison de la venue précoce des employés de Vie™, comment João a réussi à s'introduire dans la classe de maître Moda, quel est le secret de pépé Jo, le but du frère du G5 en venant sur Terre. Dans chaque nouvelle, les questions sont posées dès le début.

Cependant, plusieurs nouvelles ont des fonctionnements particuliers. « Nouvelle Vie™ » et « La classe de maître Moda » reposent sur des révélations successives achevées par un retournement final. On peut alors remarquer que l'évolution touche également des personnages secondaires : ainsi Lisbeth tire un bénéfice inattendu de la visite des employés de Vie™, tandis que João profite également de cette classe qui lui ouvre des possibilités inespérées.

Dans le cas de « Ma main à couper », on a une dynamique différente : la révélation arrive très tôt : « Si vous réussissez à passer la nuit, vous gardez votre fric[1] ». La seconde partie de la nouvelle tient en un suspense classique reposant sur la survie du héros.

Science et fiction

Un cadre réaliste

De nombreux éléments montrent que le cadre des nouvelles se veut réaliste. Ainsi les lieux évoqués sont souvent facilement indentifiables pour le lecteur, qu'il s'agisse de Paris, de Rezé ou de Nantes. Même lorsque ce n'est pas précisé, nous nous trouvons en Europe. Même si nous nous situons dans l'avenir, le narrateur donne assez d'informations d'une nouvelle à une autre pour qu'on puisse établir une chronologie succincte :

---

1. Voir p. 91, l. 74.

2023 : Affaire Erkhan : les Nations unies admettent le principe du brevet du génome humain.

2030 : L'océan recouvre en une nuit l'estuaire de la Loire.

Début du XXIIe siècle : Les courtisanes portent des pis de vache sur la poitrine, des serpents pour cheveux, des membres inférieurs d'hippopotame gainés de bas résille et des chaussures à talons aiguilles.

2190 : Années marquées par la mode du smoking Ed McGrady et de la robe de soirée Chilmikot.

2219 : Conflit mondial et campagne de sauvegarde virtuelle.

Début du XXIIe siècle : Contact entre p'tit Tom et les hommes primitifs.

L'auteur recourt à d'autres effets de réel en donnant de nombreux noms d'entreprises, comme AvanTech, Soft Tel, Segundo, etc. Nous trouvons également des sigles, tels que NCFF qui renvoie à la SNCF, NQI qui renvoie au QI, ou l'Ultra-TGV. Même si le lecteur ne connaît pas ces nouveaux termes, il peut immédiatement les associer à des éléments familiers. D'ailleurs, plusieurs fois, Bordage utilise le mot « antique » pour désigner des réalités contemporaines, comme la télévision, un gymnase de où l'on joue au basket, Internet, une encyclopédie papier, une jarre de terre cuite, un écran plasma. Nous nous trouvons bien sur la « Vieille Bleue », c'est-à-dire la Terre.

Éléments science-fictionnels et mythologiques

Cependant, le monde a évolué et il existe un décalage entre l'univers du lecteur et celui des personnages. Cet écart est souligné par les nombreux néologismes qui renvoient à des réalités inconnues (réséale, embryo-psychiatre, Cablenet, codecom, buiotechnologiste, aérobus, marstif, Eurafrasie...). L'un des éléments qui donne l'impression que les différentes nouvelles appartiennent à un même monde est la « biopuce » que l'on retrouve à la fois dans « Nouvelle Vie™ », « La classe de maître Moda » et « Ma main à couper ». En outre, la chronologie donnée plus haut reste cohérente d'une nouvelle à une autre.

Bordage montre aussi que les textes proposés ont une valeur symbolique en recourant à de nombreuses comparaisons avec la mythologie. On évoque l'Éden, l'Eldorado, Marie, Mathusalem, Judas, Cerbère, l'Arche de Noé. De même les douze élèves de la classe de maître Moda peuvent faire penser aux douze apôtres réunis autour de Jésus. Les références à la Bible sont les plus nombreuses. Cela invite le lecteur à réfléchir sur les histoires qui lui sont proposées.

La morale de l'histoire

Des thématiques contemporaines

Ces textes appartiennent au genre de l'apologue qui, sous une forme narrative, développe une argumentation, à la manière de la fable, du conte ou de l'utopie. On retrouve en effet des thèmes qui sont typiques de Bordage comme la fracture entre l'Occident et le reste du monde[1], le problème de l'éducation[2] (« La classe de maître Moda »), les manipulations génétiques[3] (« Les frères du G5 », « Nouvelle Vie™ »), les jeux télévisés[4] (« Ma main à couper »), le transfert du psychisme[5] (« Jour de noces »). La fin de cette dernière nouvelle rejoint l'inspiration usuelle de Bordage en reprenant le motif du monde

---

1. Thème abordé dans *Wang* et *La trilogie des Prophéties.*
2. Thème abordé dans *Ceux qui sauront.*
3. Thème abordé dans *Graine d'immortels.*
4. Thème abordé dans *Wang.*
5. Thème abordé dans *Porteurs d'âmes.*

postapocalyptique[1] et en montrant comment les hommes ont tendance, avec le temps, à transformer la réalité en fiction religieuse : ironiquement le personnage de Tarzan devient un dieu que l'on vénère.

Le but de l'auteur est de mettre en garde le lecteur contre des dérives possibles de la société contemporaine. Des évolutions positives, comme la maîtrise médicale des gènes, l'enseignement à distance, l'apport de l'informatique, peuvent se retourner contre l'humanité. Ainsi la biopuce devient un objet de surveillance continuelle dont le héros de « Ma main à couper » doit se débarrasser. Mais l'auteur s'attaque également, dans cette nouvelle, à un phénomène de société : la télé-réalité, dont il dénonce la dangerosité.

Au service de l'humain

Loin d'aider l'humanité, ces évolutions contribuent à la partager en deux camps contraires. L'espace présenté dans les nouvelles est symbolique de ce clivage : les « cités flottantes » s'opposent à la « ville basse » (« Nouvelle Vie™ »), l' « Europe Unie » s'oppose aux « non-Européen[s] » (« La classe de maître Moda »), le « domaine » s'oppose au « monde extérieur » (« Jour de noces »), la « zone industrielle » s'oppose au reste de la ville (« Ma main à couper ») et Mars s'oppose à la Terre (« Les frères du G5 »). Bien sûr, cette division s'étend aux groupes sociaux entre les riches et les pauvres, mais aussi entre les différentes générations : Lisbeth se retourne contre son père (« Nouvelle Vie™ »), les parents d'Emna la manipulent à son insu (« La classe de maître Moda »). Les hommes du passé ne peuvent plus se joindre aux hommes de l'avenir (« Jour de noces »).

1. Thème abordé dans *Les Derniers Hommes.*

Au milieu de la désagrégation du monde, Bordage propose, comme dans ses romans, un héros qui devient incontrôlable et se prépare à briser cette évolution néfaste pour réconcilier l'humanité avec elle-même. À l'exception notable de la première nouvelle, tous les personnages principaux, Emna, P'tit Tom, Azem ou le frère du G5, sont en position de faire changer les choses et d'entrer dans une « nouvelle vie ».

CHRONOLOGIE

1947 2011

1947 2011

- Repères historiques et culturels
- Vie et œuvre de l'auteur

Repères historiques et culturels

1947 Suite aux expériences médicales nazies, le Code de Nuremberg est publié. Il stipule que le consentement du sujet prime sur l'exigence scientifique, posant ainsi les bases de la bioéthique[1].

1950 Ray Bradbury, *Chroniques martiennes* (traduites en français en 1954).

1951 Sortie du film *Le Jour où la Terre s'arrêta* de Robert Wise.

1953 Découverte de la molécule à double hélice de l'ADN qui est porteuse de l'information génétique.

1961 Robert A. Heinlein, *En terre étrangère* (traduit en français en 1970).

1964 Invention de la souris informatique.

1965 Franck Herbert, *Dune* (traduit en français en 1972).

1966 Parution du premier tome de la *Grande Anthologie de la science-fiction* sous la direction de Demètre Ioakimidis, Gérard Klein et Jacques Goimard. Les douze volumes de cette première série sont publiés jusqu'en 1975.

1973 Premier choc pétrolier.

1977 Sortie du film *Star Wars*.

1979 Deuxième choc pétrolier.

1980 Le professeur Chakrabarty obtient le brevetage d'une bactérie génétiquement modifiée.

---

1. ***Bioéthique*** : discipline qui étudie les problèmes moraux soulevés par la recherche biologique, médicale ou génétique.

Vie et œuvre de l'auteur

1955 29 janvier : naissance de Pierre Bordage à La Réorthe (Vendée).

1965 Bordage intègre le séminaire.

1969 Bordage quitte le petit séminaire, écœuré par cette « formidable machine à broyer les âmes[1] ».

1973 Il obtient son baccalauréat.

1975 Lecture des *Chroniques martiennes*.
Voyage de trois mois en Inde.

1981 Bordage tient une librairie ésotérique à Paris.

---

1. Expression utilisée par Bordage lui-même dans des entretiens en ligne sur le site ActuSF (juillet 2007).

Repères historiques et culturels

1984 Parution de *Neuromancien* de William Gibson, considéré comme le roman fondateur du cyberpunk. Ce sous-genre de la science-fiction propose des anticipations à court terme caractérisées par un monde dystopique. Il met l'accent sur les nouvelles technologies et le pouvoir des multinationales.

1990 Lancement du Projet Génome Humain dont le but est d'établir le séquençage complet de l'ADN du génome humain. D'ampleur internationale, le projet s'étendra sur une quinzaine d'années.

1991 Présentation du premier navigateur web, marquant une étape importante de la naissance d'Internet.
Traduction en français du roman *Le septième fils* d'Orson Scott Card par Patrick Couton (paru originellement en 1987). C'est le premier tome des *Chroniques d'Alvin le Faiseur*.

1992 La fin de la Yougoslavie déclenche un conflit entre Serbes, Bosniaques et Croates : la guerre de Bosnie-Herzégovine commence. L'affrontement est marqué par le long siège de Sarajevo et les massacres de civils.

1995 Les accords de Dayton mettent fin à la guerre de Bosnie-Herzégovine.

Vie et œuvre de l'auteur

1985 Installation dans le Gers.
Rédaction des *Guerriers du silence*.

1992 Les Éditions L'Atalante acceptent le manuscrit des *Guerriers du silence*, refusé par de nombreuses maisons d'édition.
Rohel le conquérant, tome 1[3].

1993 Parutions des *Guerriers du silence* (tome 1). Ce roman qui remporte en 1994 le prix Julia Verlanger et le grand prix de l'Imaginaire.
Rohel le conquérant, tomes 2, 3 et 4.

1994 *Terra Mater* (*Les Guerriers du silence*, tome 2).
Rohel le conquérant, tomes 5 et 6.

1995 *La Citadelle Hyponéros* (*Les Guerriers du silence*, tome 3) qui remporte en 1996 le prix Cosmos 2000.
Rohel le conquérant, tomes 7, 8, 9 et 10.

---

1. Le cycle compte quatorze tomes dont les titres sont, dans l'ordre : *Le Chêne vénérable, Les Maîtres sonneurs, Le Monde des franges, Lune noire, Asmine d'Alba, Les Anges du fer, Le Grand fleuve-temps, L'Enfant à la main d'homme, Les Portes de Babûlon, Lucifal, Terre intérieure, Les Feux de Tarphagène, Le Chœur du vent* et *Saphyr d'Antiter.*

Repères historiques et culturels

1996 5 juillet : naissance de la brebis Dolly, premier mammifère cloné. Victime d'un vieillissement prématuré, l'animal est euthanasié en 2003.

1998 Jeremy Rifkin, *Le Siècle biotech* (essai).

1999 Guerre du Kosovo.
Lancement aux États-Unis de l'émission de télévision *Big Brother*. Ce programme de téléréalité présente une série de candidats vivant en communauté et filmés en permanence. Les joueurs sont progressivement éliminés par le vote des téléspectateurs.

2001 Première édition de l'émission télévisée *Loft Story* l'adaptation française de *Big Brother*.
11 septembre : quatre avions de ligne détournés par des terroristes s'écrasent sur les deux tours du World Trade Center (New York) et le Pentagone (Washington). Le dernier avion s'écrase en rase campagne. Les images des attentats, attribués au réseau Al-Qaïda, font le tour du monde. L'événement constitue un traumatisme pour les Américains.
En réponse aux attentats, les États-Unis envahissent l'Afghanistan, désigné comme le siège des terroristes d'Al-Qaïda. Le régime des talibans est renversé.

Vie et œuvre de l'auteur

1996 Installation en Dordogne.
Les Portes d'Occident (*Wang*, tome 1). Ce roman remporte en 1997 le prix Tour Eiffel.
Rohel le conquérant, tomes 11, 12 et 13.

1997 *Les Aigles d'Orient* (*Wang*, tome 2).
Rohel le conquérant, tome 14.

1998 *Atlantis, les fils du rayon d'or.*
Abzalon (*Abzalon*, tome 1).

1999 Installation à Atlantic City (New Jersey).
Voyage dans l'ouest des Etats-Unis.
Les Fables de l'Humpur. Ce roman remporte en 2000 le Grand-Prix Paul-Féval de littérature populaire et en 2005 le prix Imaginales des lycéens.
Graine d'immortels.
Parution du premier tome des *Derniers hommes.* Les cinq autres tomes sont publiés l'année suivante.
Bordage écrit «Ma main à couper» dans le cadre de «la Nuit de l'écriture à Rezé».

2000 *Orchéron* (*Abzalon*, tome 2).

2001 Installation à Boussay (Loire-Atlantique).
Bordage devient président du festival des Utopiales de Nantes.
L'Évangile du serpent (*Trilogie des Prophéties*, tome 1). Ce roman remporte en 2002 le prix Bob Morane.
Parution de la nouvelle «Ma main à couper» en livre hors commerce, distribué gratuitement.
Parution de «Jour de noces» dans le n° 21 de la revue *Galaxies.*

2002 *Kaena, la prophétie.*
Nuits-Lumière.
Qui-vient-d'u-bruit (*Griots célestes*, tome 1).
Juillet : parution de «La classe de maître Moda» dans «L'école dans une société de l'information : 5 scénarios pour le futur», un fascicule édité à l'initiative du ministère de l'Éducation nationale.
Novembre : publication de «Les frères du G5» dans le journal *Presse-Océan* à l'occasion du festival des Utopiales de Nantes.

Repères historiques et culturels

2003 En réponse aux attentats du 11 septembre 2001, les États-Unis envahissent l'Irak, présenté comme un pays soutenant Al-Qaïda et dissimulant des armes de destruction massive. Le régime de Saddam Hussein est renversé.

2005 Mars : *La Déclaration des Nations unies sur le clonage des êtres humains* interdit cette pratique, même dans un but thérapeutique. Mais le texte n'est pas contraignant pour les États.
Mai : des équipes de l'université de Newcastle annoncent avoir cloné un embryon humain.

2008 Troisième choc pétrolier.

Vie et œuvre de l'auteur

2003 *Le Dragon aux plumes de sang* (*Griots célestes*, tome 2).
L'Ange de l'abîme (*Trilogie des Prophéties*, tome 2).

2004 *Nouvelle Vie*™ (recueil de nouvelles).
1792 (*L'Enjomineur*, tome 1).

2005 *Les Chemins de Damas* (*Trilogie des Prophéties*, tome 3).
1793 (*L'Enjomineur*, tome 2).

2006 *1794* (*L'Enjomineur*, tome 3).

2007 *Porteurs d'âmes.* Ce roman remporte en 2009 le prix des lecteurs du Livre de poche.
Frère Ewen (*La Fraternité du Panca*, tome 1).
Bordage coécrit le scénario du film *Eden Log*, réalisé par Frank Vestiel.

2008 *Sœur Ynolde* (*La Fraternité du Panca*, tome 2).
Ceux qui sauront.
Bordage coécrit le scénario du film *Dante 01*, réalisé par Marc Caro.
Il écrit le scénario d'une bande dessinée vidéo téléchargeable sur Internet, *Chroniques des ombres*.

2009 Décès de l'épouse de Bordage dans un accident de la circulation au cours d'un voyage en Inde.
Installation à Nantes.
Le Feu de Dieu.

2010 *Frère Kalkin* (*La Fraternité du Panca*, tome 3).
Ceux qui rêvent.
Dernières nouvelles de la Terre… (recueil de nouvelles).

2011 *Sœur Onden* (*La Fraternité du Panca*, tome 4).

Nouvelle Vie™

Ils se présentèrent à cinq heures du matin. Un homme et une femme vêtus d'uniformes gris perle. Des envoyés du Nouvel Éden[1], sans doute. Il ne parvint pas à leur donner un âge – difficile, d'ailleurs, de donner un âge aux habitants du Nouvel Éden, originaires pour la plupart des régions de l'Amérique du Nord, de l'Europe et de l'Australie ; ils ne quittaient que rarement les cités flottantes dans lesquelles ils s'étaient retirés des dizaines d'années plus tôt.

Mal réveillé, il se demanda ce que ces deux-là fichaient devant la porte de son appartement niché au cœur de la vieille cité de Paris. Il commanda l'agrandissement de leurs visages sur l'écran mouchard[2] du hall d'entrée.

« Emmerdements », lut-il sur leurs traits pourtant impassibles.

Il avait fêté son trente-cinquième anniversaire quatre jours plus tôt. L'occasion de faire un premier bilan de sa vie. Il ne s'en

---

1. ***Eden*** : le jardin d'Éden est celui où vivent Adam et Ève dans la Genèse. Il est assimilé au Paradis.

2. ***Mouchard*** : espion.

était pas mal sorti pour un type qui avait perdu ses parents à l'âge de neuf ans. S'il gardait de sa mère l'image chiffonnée d'une adolescente aux cheveux fous, au regard morne et au sourire las, il avait tout oublié de son père. Il se souvenait pourtant des heures qui avaient précédé leur disparition, la nuit engluée dans une chaleur moite, les éclats de voix au travers des minces cloisons, les sanglots étouffés, les bruits de pas, la porte refermée avec douceur, le silence retombant peu à peu sur le logement. Il s'était rendormi, débattu jusqu'à l'aube dans les cauchemars, réveillé avec un sentiment suffocant de frayeur et de solitude. Deux hommes l'attendaient dans la cuisine, vêtus d'uniformes gris. Il leur avait demandé où étaient passés ses parents. Sans dire un mot, ils l'avaient conduit dans un orphelinat de la ville basse. Là, on l'avait désinfecté, vacciné, nourri, logé, puis, comme il montrait certaines dispositions pour les mathématiques, on lui avait enseigné le métier d'aide-comptable. Jamais il n'avait reçu de nouvelles de ses parents. Ni ses professeurs ni ses éducateurs n'avaient répondu à ses questions. Plutôt bien traité, il avait parfois souffert de la solitude, les nuits d'été surtout, ces heures poisseuses où il se tournait et retournait dans ses draps sans trouver le sommeil. De cette période il lui restait une poignée de camarades qu'il croisait de temps en temps dans le labyrinthe des ruelles sombres et sales. Ils buvaient alors une bière au comptoir d'un bouge[1] de la ville basse, tentant de raviver les couleurs ternes de leur enfance et de leur adolescence. Même en reversant vingt pour cent de son salaire à l'orphelinat, il gagnait correctement sa vie, assez en tout cas pour s'offrir un logement décent et inscrire sa fille dans une école réputée.

Lisbeth, sa perle, la pupille de ses yeux.

La femme en uniforme gris eut une petite moue[2] d'impatience avant de presser une deuxième fois la sonnette. Une vague de panique le secoua de la tête aux pieds. Peut-être étaient-ils

1. ***Bouge*** : café sale et mal fréquenté.
2. ***Moue*** : grimace.

envoyés par les services sociaux ? Peut-être le jugeaient-ils incapable d'élever sa fille seul ?

Le suicide de sa femme l'avait soulagé. Dépressive depuis la naissance de Lisbeth, elle demeurait toute la journée vautrée sur le canapé comme un phoque échoué sur une plage, les yeux rivés sur l'écran mural du salon, grignotant d'un air absent les saloperies sucrées et salées qu'elle commandait par l'antique Web – la Toile percée, le vraiment pas Net, le réseau pourri où s'organisaient tous les trafics, où saisir le code de son compte relevait du hara-kiri[1] bancaire. Un soir en rentrant du boulot, il l'avait trouvée morte sur le canapé ; à ses côtés, Lisbeth finissait un paquet de chips, fascinée par la nouvelle réséale[2] du canal 798 – la vie quotidienne de familles africaines acharnées à survivre au bord d'une montagne de détritus ; le présentateur appelait à voter pour sa famille favorite, 2,80 euros la communication ; celle qui recueillait le moins de suffrages était éliminée ; la famille gagnante se verrait confier l'exploitation de la montagne d'ordures en exclusivité pour une durée de dix ans.

Les toubibs avaient conclu à une IVV – interruption volontaire de vie – par absorption massive de barbituriques[3]. Il n'avait pas osé contester leur diagnostic bien que sa femme n'eût jamais manifesté la moindre velléité[4] suicidaire. Après tout, qui pouvait savoir ce qui se tramait dans le cerveau d'une créature réduite à l'état de larve par l'abus de graisse et d'images ? On l'avait incinérée avec le cérémonial minimum – mille euros tout de même –, puis on s'était rendu avec l'urne funéraire au bord de la Fosse des cendres, une mare putride avec vent et vagues artificiels où, depuis l'interdiction d'enterrement des corps, la plupart des familles dispersaient les cendres de leurs morts.

---

1. ***Hara-kiri*** : suicide (au Japon).

2. ***Réséale*** : néologisme forgé par l'auteur sans doute à partir des mots « réalité » et « réseau ».

3. ***Barbituriques*** : somnifères.

4. ***Velléité*** : intention, envie.

Lisbeth n'avait pas souffert de la disparition brutale de sa mère. Au contraire même, la crispation de dégoût qu'elle promenait en permanence dans l'appartement s'était effacée de ses lèvres. Il n'avait pas voulu prendre une autre femme, d'abord parce qu'il s'était réhabitué très rapidement au confort du célibat, ensuite parce qu'il ne voulait pas imposer une belle-mère à Lisbeth. Il dilapidait[1] son énergie sexuelle une ou deux fois par semaine avec les jeunes – parfois très jeunes – et jolies putes de la rue de la Joie.

La femme sonna de nouveau puis sortit d'une poche de son uniforme un passe, une clef électronique qui décodait et forçait n'importe quelle serrure. Un petit bijou de technologie réservé aux keufs et autres cerbères[2] assermentés du bas-pays. Il s'agissait donc d'une visite domiciliaire[3] officielle. Il valait mieux leur ouvrir plutôt que les laisser flinguer en toute légalité la serrure *octopussy* – deux mille euros le système de sécurité, *huit serrures, huit codes, huit barrières pour le visiteur indélicat*. Il activa le micro extérieur.

« Une seconde, je vous ouvre. »

Il lui fallut bien plus d'une seconde, de son index tremblant, pour presser les touches du clavier sensitif serti dans le chambranle[4]. La porte coulissante s'escamota[5] dans le mur. La femme remisa son passe électronique dans la poche de son uniforme, l'homme le fixa avec un sourire indéchiffrable.

« Monsieur Quint ? »

Il acquiesça d'un hochement de tête. Longtemps qu'on ne l'avait pas appelé monsieur Quint. Pour ses collègues il était Jérémie ou Jem, selon leur degré de sympathie, pour Lisbeth il

1. ***Dilapidait*** : dépensait.
2. ***Cerbères*** : gardiens. Cerbère est le nom du chien à trois têtes qui garde les Enfers dans la mythologie grecque.
3. ***Domiciliaire*** : à domicile.
4. ***Serti dans le chambranle*** : fixé dans l'encadrement de la porte.
5. ***S'escamota*** : disparut.

était pop ou papinet, pour les filles de la rue de la Joie il était mon loup, mon chéri, mon minou, mon biquet ou mon trésor.

Il s'effaça pour les inviter à entrer. Ils n'attendirent pas sa permission pour foncer dans le salon et s'asseoir sur le canapé acheté une semaine après la mort de sa femme. Il avait refilé l'ancien, complètement défoncé, aux récupérateurs de vieilleries dont les camions bâchés sillonnaient en permanence les ruelles et les places de la ville basse. Il s'installa du bout des fesses sur un tabouret et posa un coude sur le comptoir servant de séparation entre la cuisine et le séjour.

«Vous êtes qui et vous voulez quoi ?»

La femme remua la tête avec une certaine grâce avant de répondre :

«Nous sommes venus chercher notre dû, monsieur Quint.

– Votre... dû ?»

Un sourire énigmatique s'afficha de nouveau sur les lèvres de l'homme. Sa collègue et lui ressemblaient aux couples de présentateurs vedettes des téléréseaux, traits réguliers, peau claire et lisse, cheveux épais et légèrement ondulés.

«Nous travaillons pour le compte de la société Vie™. Connaissez-vous la société Vie™ ?

– J'en ai entendu parler. Une boîte de biotechnologie, je crois.

– La plus grosse entreprise de biotechnologie de notre planète, corrigea la femme. Elle possède quatre-vingt-dix pour cent des brevets.

– Vachement content pour vous. En quoi est-ce que ça me concerne ?

– Les brevets sur les gènes, monsieur Quint. Les génomes[1].»

Il avait acheté quelques jours plus tôt un excellent thé reconstituant au goût de café; il ne lui vint pas à l'idée de leur en proposer une tasse. Ils n'éveillaient en lui aucune sympathie.

---

1. ***Génomes*** : ensemble du matériel génétique des individus, codés dans leur ADN.

«Vous m'avez réveillé à cinq heures du mat' pour m'apprendre que votre compagnie écrase le marché des brevets génétiques ?»

La femme esquissa une moue de réprobation, aussitôt chassée par ce sourire énigmatique qui, chez elle et son confrère, évoquait un sigle, une marque de fabrique.

«Vous êtes concerné de très près par les brevets, monsieur Quint.

– Vos gènes ont une particularité qui intéresse beaucoup la Vie™, ajouta l'homme.

– Une mutation génétique.

– Êtes-vous tombé malade une seule fois au cours de votre vie ?»

Il lui fallut une bonne minute pour se pénétrer de la question, puis deux autres pour dévider en accéléré la pelote de sa vie. Aussi loin qu'il se souvînt, il n'avait jamais manqué l'école ni le boulot pour maladie. Les autres, ses collègues ou les parents des amies de Lisbeth, chopaient à longueur d'année des saloperies qui les clouaient une semaine au lit ou, parfois, les terrassaient définitivement. Le changement de climat, tiédeur et humidité persistantes, avait favorisé la prolifération[1] des bactéries et des virus dans l'air et l'eau. On devait faire bouillir la flotte du robinet et lui ajouter des pastilles de chlore avant de la boire, ce qui n'empêchait pas de nouvelles maladies d'apparaître chaque mois.

«Jamais…

– Nous en déduisons que votre système immunitaire est très performant, monsieur Quint, dit la femme.

– Tout comme celui de vos parents, ajouta l'homme. Tellement efficace que la Vie™ l'a breveté[2].»

Ces mots lui firent l'effet d'un électrochoc. Des images lui revinrent avec une netteté stupéfiante, bouleversante. Il revit les

1. ***La prolifération*** : le développement.

2. Un brevet est un titre de propriété industriel qui interdit d'exploiter l'invention brevetée à ceux qui ne sont pas titulaires de ce brevet.

symboles brodés sur l'uniforme des deux hommes qui l'avaient accueilli dans la cuisine le matin de la disparition de ses parents, un V à l'intérieur d'un cercle.

«Vous êtes en train de me dire que… que votre compagnie a breveté le génome de mes parents ?»

La femme lui retourna une moue d'encouragement, la moue décernée par un professeur à un élève sur le point de résoudre une équation difficile.

«Mais… on n'a pas le droit d'acheter les êtres humains…»

En même temps qu'il prononçait ces mots, la vérité s'imposa à lui, terrible, inconcevable.

«Tout est à vendre, monsieur Quint. Depuis l'affaire Erkhan, en 2023, les Nations unies ont admis le principe du brevet du génome humain. À condition que ce même génome présente une particularité remarquable et concoure[1] au progrès de l'humanité.»

D'un mouvement de tête, il tenta de chasser la fatigue soudaine qui lui pesait sur la nuque.

«C'est votre entreprise qui est venue chercher mes parents il y a vingt-six ans, n'est-ce pas ?»

L'homme tira une feuille de papier d'une poche de son uniforme et la déplia avec soin.

«Ils étaient ruinés, sans ressources, sans avenir. Ils ont accepté les termes de ce contrat contre une prise en charge partielle de leur enfant. Notre société a respecté sa part du marché.

– Qu'est-ce qu'ils sont devenus ?»

L'homme posa délicatement la feuille dépliée sur la table basse et la lissa du plat de la main.

«Nous ne le savons pas. Ils ont été remis aux techniciens. La close de confidentialité nous interdit de…

– Qu'est-ce que vous foutez chez moi si vous n'avez rien à m'apprendre sur eux, bordel ?»

---

1. ***Concoure*** : participe.

Il regretta aussitôt son éclat de voix, tourna la tête vers la porte de la chambre de Lisbeth. Les regards de l'homme et la femme de la Vie™ suivirent le sien avec la vivacité de faucons lancés sur une proie. Le silence redescendit sur l'appartement, troublé par l'éveil de la ville basse, les sifflements des premiers métros aériens, les grondements des premiers bus, les cris des premiers vendeurs de café ambulants.

«Vos parents ne se sont pas engagés seulement pour eux, reprit la femme.

– Qu'est-ce que vous voulez dire ?»

Elle marqua un temps de silence avant de répondre.

«Ils ont vendu à la Vie™ les droits de trois générations.»

Il faillit éclater de rire. Un réflexe idiot. Les propos de ces deux charognards n'avaient rien d'une plaisanterie. Il commençait à transpirer sous l'ample peignoir offert par Lisbeth à la dernière fête des pères. Il jeta un coup d'œil par la baie vitrée dont le verre épais et feuilleté transformait en météores les phares des bus et des trains. L'appartement n'était pas situé dans le quartier le plus calme de Paris, mais il présentait le gros avantage d'être à mi-chemin entre l'école de Lisbeth et son propre lieu de travail. En outre, on pouvait encore distinguer le ciel au-dessus du cœur de l'agglomération parisienne que, pour des raisons de sécurité évidentes, les cités flottantes n'avaient pas le droit le survoler.

«Impossible ! murmura-t-il. Les nouveaux droits de l'homme…

– … ne signifient plus grand-chose à notre époque, coupa l'homme. Notre compagnie se réfère à l'arrêté du 13 juillet 2024.

– Vous avez sûrement entendu parler du procès Chalbot, précisa la femme. Cette famille de Lyon qui contestait la validité juridique du prêt de cent vingt ans contracté par d'arrière-grands-parents. Il en est ressorti que les descendants sont bel et bien engagés par les contrats signés par les ascendants.»

Elle marqua un nouveau temps de pause avant d'ajouter :

«Vous êtes breveté monsieur Quint. Engagé par le contrat signé par vos parents. Vous appartenez corps et biens à la Vie™. Le labo nous envoie vous chercher.»

Il resta un moment pétrifié sur son tabouret, incapable d'émettre une pensée, d'esquisser un geste.

«Pas possible, bredouilla-t-il. Vous n'avez pas le droit, je ne peux pas laisser ma fille seule.

– Notre compagnie prendra soin d'elle comme elle a pris soin de vous.

– Je ne veux pas, je ne veux pas…»

Les traits de la femme se durcirent.

«Je crains que vous n'ayez pas le choix, monsieur Quint. Le labo réclame aujourd'hui votre présence, vos gènes.»

Il sauta de son tabouret et, d'un geste brusque, s'arracha une poignée de cheveux.

«Prenez cet échantillon et débrouillez-vous avec ça ! Je ne vous suivrai pas.

– Vos cheveux ne suffiront pas, j'en ai peur, lança l'homme d'une voix parfaitement contrôlée. Le labo exige votre présence pour étudier vos réactions organiques à certains stimuli[1].

– Je ne suis pas un putain de cobaye !

– Ne soyez pas ingrat, monsieur Quint : la Vie™ vous a offert vos vingt-six plus belles années de liberté.»

Un voile de brume se déchira dans son esprit.

Il se retrouve allongé sur son lit vingt-six ans plus tôt, en sueur, haletant, comme émergeant d'un cauchemar. Des bruits graves s'échouent dans les ténèbres collantes. Il reconnaît la voix de papa, de maman et une autre, plus grave, qu'il n'a jamais entendue.

«À condition que vous ne veniez pas le chercher avant ses cinquante ans, pleurniche maman.

1. ***À certains stimuli*** : à certaines stimulations. Ce terme est utilisé en biologie.

– Trente, fait la voix inconnue. Et, quand il aura achevé sa formation, il reversera dix pour cent de son salaire à notre établissement.

– Trente ? Pas assez long pour mener une vraie vie, objecte papa.

– Coupons la poire en deux, suggère la voix inconnue. Nous ne le récupérerons pas avant ses quarante ans. En contrepartie, nous ne lui garantissons qu'une formation moyenne et il nous devra vingt pour cent de son salaire.

– Qu'est-ce que vous appelez moyenne ? »

Silence. Un cri inhumain déchire la nuit. Un passant agressé peut-être. Ou un dormeur voisin harcelé par un mauvais rêve.

« La liste des métiers correspondant à la formation moyenne, reprend la voix inconnue. Fonctionnaire premier échelon, aide-comptable, responsable de rayon en grande surface, commerçant…

– Aide-comptable, alors ! » s'exclame maman.

Elle a toujours voué une admiration sans borne aux métiers des chiffres, étant elle-même incapable d'additionner deux nombres entre un et neuf.

« Nous partons donc sur le contrat suivant : votre fils sera récupéré par le laboratoire à l'âge de quarante ans. Il recevra, en contrepartie, une formation d'aide-comptable et reversera vingt pour cent de son salaire à l'établissement formateur. Nous sommes bien d'accord ? »

Maman éclate en sanglots, papa donne son agrément d'un vague grognement.

« Mon Dieu, dans quel monde vivons-nous ? balbutie maman.

– Autrefois les gens donnaient leur sang ou leurs organes pour survivre, déclare la voix inconnue. La Vie™ a seulement… humanisé cette pratique. Les enfants de vos petits-enfants recouvreront[1]

---

1. ***Recouvreront*** : retrouveront.

leur liberté. En attendant, votre famille aura grimpé dans la hiérarchie sociale. Tout le monde y trouve son compte.

– Parlez pour vous ! gronde papa.

– Vous avez fait le bon choix, monsieur Quint : ce contrat assure une vie tranquille et confortable à votre fils jusqu'à l'âge de quarante ans. Combien d'êtres humains peuvent en dire autant ?

– Et s'il lui arrive malheur avant ? s'enquiert maman.

– Personne n'est à l'abri d'un accident. On ne peut pas gagner à tous les coups. Rassurez-vous : notre compagnie est assurée. »

Il revint dans le présent, dans le salon de son appartement, et soutint les regards des deux envoyés de la Vie™ qui le contemplaient avec leur horripilant petit sourire.

« Je crois bien que vous essayez de me gruger de cinq ans. Le contrat prévoyait que vous me fichiez la paix jusqu'à mes quarante ans. Or je viens tout juste de passer les trente-cinq. »

Il projetait déjà de mettre à profit ce sursis[1] pour foutre le camp avec sa fille, gagner l'une de ces zones de non-droit où il pourrait effacer leur piste.

« Juste, monsieur Quint, dit la femme. Cependant, le contrat prévoyait des clauses de pénalité. Vos parents, votre père en particulier, ne se sont pas montrés aussi coopératifs que le stipulait leur contrat. Leur attitude vous a coûté cinq ans de pénalité. Voyez vous-même. »

L'homme lui tendit le papier. Il s'approcha et découvrit en bas de la page un paragraphe intitulé « Clauses de pénalité ». Ses yeux brouillés par la colère et les larmes ne parvinrent pas à déchiffrer les lettres minuscules et serrées. À quoi bon ? Ces deux vautours ne s'étaient pas déplacés chez lui sans être sûrs de leurs droits. La seule façon de leur échapper, c'était de s'emparer du flingue rouillé que lui avait vendu un fourgue du quartier des Abattoirs et de leur vider le chargeur dans le ventre. À condition que le pistolet en question ne lui explose pas dans la main. À condition

1. ***Sursis*** : délai.

qu'ils ne le paralysent pas avec les neutralisateurs cérébraux dont étaient équipés les keufs et autres cerbères du bas-pays.

« Qu'allez-vous faire de ma fille ?

– Si vous vous montrez coopératif, nous la récupérerons à l'âge de quarante ans selon les termes du contrat. En attendant, elle recevra une formation de type moyen dans l'un de nos établissements.

– Vous… vous ne me laisseriez pas un ou deux jours pour préparer mon départ ? »

Des lueurs d'ironie dansèrent dans les yeux de ses interlocuteurs.

« Votre départ ou votre évasion, monsieur Quint ? lança l'homme. Inutile de vous illusionner : la Vie™ possède votre trace ADN, votre signature. Grâce aux satellites et à votre biopuce, nous serions capables de vous localiser, d'aller vous chercher dans n'importe quelle partie du monde, y compris les zones non couvertes par le droit international.

– Croyez-nous, monsieur Quint, vous avez tout intérêt à nous suivre sans faire de difficultés, déclara la femme d'une voix tranchante. Pour vous et pour votre fille.

– Vous n'auriez tout de même pas le cœur de la priver de précieuses années de vie. »

Un vent de colère se leva sous son crâne. Comment ses propres parents avaient-ils pu les vendre, sa fille et lui, à ces ignobles trafiquants de gènes ? La misère avait-elle effacé en eux tout sentiment, tout amour, toute tendresse ? L'espace de quelques secondes, il fut tenté de courir dans sa chambre, de se saisir du pistolet tapi[1] dans le tiroir sous ses chaussettes, de mettre fin à cette farce absurde.

Oui, mais combien d'années de pénalité coûterait son suicide à Lisbeth ? Il devait se raisonner, se contenir, offrir un ultime présent à sa fille, lui permettre de vivre le plus longtemps possible.

---

1. ***Tapi*** : rangé, caché.

Peut-être les choses changeraient-elles avant l'anniversaire fatidique de ses quarante ans ? Peut-être l'humanité recouvrerait-elle son bon sens, peut-être des hommes se rebelleraient-ils et dénonceraient-ils ce genre de contrat, peut-être… peut-être…

Il reprit son souffle, secoua la tête avec résignation.

« Laissez-moi au moins le temps de m'habiller.

– Bien entendu, monsieur Quint. »

Il se rendit d'un pas lourd dans sa chambre. Il eut un tressaillement[1] en passant devant la porte de Lisbeth. Avait-elle surpris leur conversation comme il avait entendu ses parents et le visiteur vingt-six ans plus tôt ? Il refoula une envie poignante d'entrer dans sa chambre. De lui crier qu'il l'aimait. Elle s'était montrée distante ces derniers temps, presque vexante. Normal, assuraient les psys des réseaux, consultables à toute heure du jour et de la nuit pour la modique somme de vingt euros : votre fille va sur ses douze ans, premières velléités d'indépendance, syndromes habituels de la préadolescence.

Des larmes roulaient sur ses joues. À l'idée de ne plus la revoir, de ne plus la serrer dans ses bras, de ne plus se repaître[2] de ses mots, de ses sourires, de ses bouderies, il faillit s'écrouler sur son lit. Il éteignit comme il le put une nouvelle flambée de rage. Il n'avait pas le droit de se révolter. Ce foutu contrat et ses clauses de pénalité. Il s'habilla avec des gestes maladroits, dépecé[3] déjà par les regrets, sortit de la chambre, s'avança d'une allure chancelante[4] vers les deux employés de la Vie™.

« Je suis prêt… »

L'homme et la femme se levèrent et l'escortèrent vers le hall. Le jour se glissait timidement par les interstices des persiennes[5]. Ils passèrent sur le palier où attendaient deux hommes vêtus des

1. ***Tressaillement*** : frisson.
2. ***Se repaître*** : se régaler, se nourrir.
3. ***Dépecé*** : déchiré.
4. ***Chancelante*** : vacillante.
5. ***Persiennes*** : stores.

mêmes uniformes gris, les employés de la compagnie chargés d'accueillir Lisbeth à son réveil et de la conduire dans sa nouvelle demeure. Ils saluèrent leurs collègues d'un hochement de tête avant de s'introduire à leur tour dans l'appartement.

La Vie™ ne laissait rien au hasard.

Il évita de contempler son reflet dans le grand miroir fixé au mur du palier. Il ne s'appartenait plus.

Lisbeth éteignit les écrans mouchards. Les deux hommes en uniforme gris étaient sortis en laissant le dossier bien en évidence sur la table basse du salon. Réveillée par les trois coups de sonnette, elle n'avait rien perdu de la conversation entre les visiteurs et son père. Elle avait truffé les lieux de micros, de caméras, de systèmes d'enregistrement. Elle adorait espionner ses parents et leurs interlocuteurs, capter leurs chuchotements, percer leurs secrets. Depuis qu'elle était en âge de comprendre, elle se doutait qu'un jour son existence dépendrait des renseignements qu'elle aurait réussi à glaner. Sa mère s'était suicidée après avoir appris, par l'antique Web, que leur famille était vendue à la Vie™ jusqu'à la troisième génération. Papa n'en savait rien et Lisbeth s'était bien gardée de le lui révéler. Elle avait eu l'idée de racheter le contrat avec l'argent récupéré sur un compte secret de maman – secret, tu parles ! Comme il lui manquait cinquante mille euros, elle avait proposé un troc à la compagnie : sa liberté définitive contre les cent onze mille euros de maman et cinq années de la vie de son père. La Vie™ s'était débrouillée pour transformer leur petit arrangement en pénalité contractuelle. Aucun juriste ne fouinerait dans le dossier puisque aucune plainte ne serait déposée.

Elle était enfin débarrassée de ses parents. Elle avait eu peur un moment que papa se suicide dans sa chambre, une mort prématurée qui aurait fichu son plan par terre. Elle avait suivi tous ses gestes sur l'un de ses écrans mouchards, elle l'avait vu hésiter, se lamenter, pleurer. Il aimait trop sa fille pour prendre le risque de se révolter. Elle ne ressentait pour lui qu'une indifférence teintée de mépris. Elle ne s'était jamais encombrée d'émotions. La Vie™ veillerait sur elle jusqu'à sa majorité – depuis l'arrêté du 16 novembre 2018, une personne morale pouvait servir de tuteur à une personne mineure physique. Séduite par ses talents d'informatrice et de négociatrice, la compagnie lui avait déjà réservé une place en or dans ses bureaux des cités flottantes.

Lisbeth avait tout le temps de réfléchir à son avenir. Elle se leva comme d'habitude à six heures, s'accroupit devant la table basse du salon, ouvrit le dossier, vérifia rapidement les termes du nouveau contrat puis, satisfaite, fila dans la cuisine préparer son petit-déjeuner.

La classe de maître Moda

Parents, ne laissez pas vos enfants passer à côté de leur vie.
L'École à la maison™ est un programme du groupe AvanTech.

La lenteur de João exaspérait Emna. Depuis qu'il était arrivé dans la classe, maître Moda avait considérablement ralenti la cadence.

Emna, elle, assimilait les connaissances avec une voracité jamais assouvie. Sa préférence allait aux sciences physiques, à l'histoire et aux langues mortes, en particulier le sanskrit. Maman disait en riant qu'elle était un véritable aspirateur à savoir. Papa l'avait une fois embrassée (embarrassée…) devant d'autres grandes personnes en affirmant bien haut qu'elle était la future Einstein. Einstein Albert, le physicien, elle connaissait, et la comparaison ne la flattait pas. Papa ignorait-il que la théorie de la relativité était démodée depuis déjà plusieurs mois ? Ne savait-il pas que l'Indien Ramesh Varaj et d'autres physiciens dans son sillage avaient redéfini les relations du couple espace-temps ?

João avait intégré la classe d'Emna après la signature d'un accord de coopération économique et culturelle entre l'Europe unie et une partie de l'Amérique du Sud. Le Brésil, l'Argentine et l'Uruguay avaient décidé d'essayer le nouveau programme scolaire mis en place depuis cinq ans par les sept États de l'Union.

Emna ne comprenait pas pourquoi on avait imposé João aux douze autres élèves de maître Moda. Il avait obtenu un honorable 227/046 au test du NQI, le nouveau quotient intellectuel, mais il peinait dans certaines matières, il retardait les autres et, s'il n'améliorait pas rapidement son rendement, la classe perdrait toutes ses chances d'accéder au niveau supérieur avant la trêve de Noël.

Emna s'en était ouverte à ses parents.

«Voyons, chérie, il faut bien que les enfants de tous les pays puissent bénéficier d'une école de qualité, avait répondu maman.

– Sans compter que, si les pays en question sont satisfaits du programme, ils passeront une commande ferme, avait ajouté papa. Une bonne rentrée de devises[1] pour l'Europe unie.

– Je croyais que tu militais contre l'Europe unie !

– Je parlais d'économie et non de politique, Emna. Tu comprendras plus tard qu'il vaut mieux éviter de mélanger argent et idéaux.»

Plus tard ?

Emna étudiait les sciences économiques depuis près de deux mois. Elle était parfaitement consciente que les hommes d'affaires comme son père combattaient la nouvelle Europe tout en exploitant sans vergogne les avantages offerts par l'Union ; elle savait également que des femmes comme sa mère se targuaient[2] de préoccupations humanitaires tout en vérifiant chaque jour à dix reprises le système de sécurité de la maison. Maman dissimulait

1. ***De devises*** : d'argent.
2. ***Se targuaient*** : se vantaient.

mal sa terreur et son dégoût lorsqu'elle évoquait les « hordes des laissés-pour-compte, ces pauvres gosses abandonnés, déconnectés, qui n'ont rien de mieux à faire que piller, violer et s'injecter du poison dans les veines ».

Emna avait interrogé ses condisciples et obtenu des réponses qui la confortaient dans ses propres convictions : João, le seul non-Européen de la classe, était un empêcheur de progresser en rond. Pourquoi l'avait-on placé dans une CFA, une classe de formation accélérée, alors qu'il avait besoin de deux fois plus de temps que les autres pour mémoriser les nouvelles données ?

Ils avaient décidé de poser la question au maître. À une majorité écrasante (onze voix contre une), les comploteurs avaient élu Emna comme porte-parole. Honorée de leur confiance, elle avait estimé que la visite personnalisée hebdomadaire de maître Moda lui offrirait une excellente occasion de s'acquitter de sa mission. En attendant, entre deux lectures des Veda[1] dans leur langue originelle, elle consacrait ses heures de récréation aux nouvelles théories de Vikaj Singh et de ses disciples (passionnante, d'ailleurs, la comparaison entre les anciens textes védiques et les hypothèses les plus récentes de la physique moderne).

« Tu viens jouer avec nous ? »

Emna reconnut la voix de Salomé, l'Espagnole, avant même que son visage brun et grave n'apparaisse dans la fenêtre de l'écran transparent. Elle était accompagnée d'Anet, une Allemande aux cheveux aussi dorés qu'un soleil d'été.

« À quoi ?

– Un nouveau jeu de stratégie. On peut entrer dans une partie contre des CFM. »

Une classe de formation moyenne ? Des élèves légèrement plus vieux, légèrement moins intelligents. Orientés en général vers l'administration, vers une carrière politique pour les plus brillants. Pas le genre à entraîner l'humanité sur des voies nouvelles, mais

---

1. *Veda* : livres sacrés des hindous.

de bons exécutants. Quel intérêt de jouer contre eux ? Même en s'y mettant à vingt, ils n'étaient pas de taille à battre une fille ou un garçon de CFA, encore moins un élève de maître Moda. La dernière fois qu'Emna avait accepté d'affronter une bande de CFM sur le Net, la partie n'avait pas duré deux minutes.

« Demandez à João ! »

Elles éclatèrent de rire toutes les trois. Maître Moda leur avait enseigné que la moquerie n'était pas une preuve d'intelligence, mais, loin des oreilles et des regards indiscrets, elles s'autorisaient de temps à autre une pointe de méchanceté et de bêtise. Elles se sentaient alors unies et troublées par une complicité qu'elles n'éprouvaient jamais pendant les cours. Il leur fallait ces infractions minuscules pour oublier leur rivalité. Dotées toutes les trois d'un NQI de plus de 300 (Emna devançait cependant Salomé et Anet de quelques poussières décimales), elles se livraient une compétition acharnée pour occuper la première place des évaluations hebdomadaires.

Emna se souvenait de la terrible déception de papa et de maman lorsque l'évaluation de la quatrième semaine s'était affichée sur l'écran transparent du salon.

« Bien la peine de te payer le meilleur programme scolaire d'Europe unie si c'est pour finir à la troisième place ! avait maugréé papa.

– Allons, allons, il en faut pour les autres, avait objecté maman. Ta fille ne peut pas toujours occuper la première place. Et puis il ne s'agit que d'une évaluation. Attendons le classement de fin de trimestre. »

Cependant, maman n'avait pas esquissé le moindre geste de consolation. Ses yeux exprimaient une colère froide qui, davantage que les grognements de papa, avait poussé Emna à se hisser dès la semaine suivante sur la plus haute marche du podium. Elle avait dès lors basé son année scolaire sur le postulat suivant : ma propre tranquillité dépend de la satisfaction de ses parents.

Parents, c'est à vous et personne d'autre de décider de l'avenir de vos enfants. L'École à la maison™ vous propose une scolarité unique qui respecte les biorythmes et l'équilibre de votre enfant. L'École à la maison™ a reçu l'agrément du ministère européen de l'Éducation.

Le maître, lui, ne manifestait jamais d'impatience. La première fois qu'il s'était présenté à ses élèves, il avait expliqué l'étymologie de son nom : Moda comme mode, mode d'acquisition, mode de fonctionnement, et aussi comme Yoda, le Jedi de *La Guerre des étoiles*, un archétype qui, dans l'inconscient collectif, symbolisait le maître, le précepteur[1].

La Guerre des étoiles ? Un truc pour NQI de moins de 150 ! Emna ne comprenait pas l'enthousiasme de papa pour cette antiquité américaine du XXe siècle. Comment pouvait-on se passionner pour une histoire aussi prévisible, aussi dérisoire ?

Le maître avait une voix musicale et persuasive. Tous les matins, il présentait les cours du jour avant de lancer le programme. La puce supplémentaire insérée dans leurs cerveaux (l'opération était comprise dans le forfait) plaçait les élèves dans un état de réceptivité absolue proche de l'hypnose. Le flot d'informations, images et sons, déferlait pendant une vingtaine de minutes, puis maître Moda donnait des exercices qui, tout en validant les connaissances, sollicitaient la mémoire, la logique, l'esprit d'analyse et de synthèse. C'était à cette occasion que se gagnaient ou se perdaient les places à l'évaluation hebdomadaire. Si elle n'était pas la meilleure dans la résolution des problèmes mathématiques ou dans l'apprentissage des langues vivantes, Emna montrait une efficacité inégalable en histoire et en sciences physiques. De même elle marquait de nombreux points avec les versions et les thèmes[2] des langues mortes. Pour le reste, français, économie,

1. ***Précepteur*** : personne chargée de l'instruction et de l'éducation d'un enfant, d'un adolescent.

2. ***Versions et thèmes*** : traductions du grec ou du latin vers le français, et du français vers le grec ou latin.

sociologie, arts plastiques, musique, elle se maintenait dans la moyenne haute.

«Tes parents et moi sommes très contents de toi, Emna.»

Le visage de maître Moda s'était affiché dans la fenêtre de l'écran. L'icône symbolisant la classe avait disparu, signe que cette conversation se déroulait dans la plus stricte intimité.

«À quoi bon ? lança-t-elle avec une moue. Nous n'aurons pas fini le cycle avant Noël.»

Elle guetta une éventuelle réaction sur les traits de son interlocuteur, mais, comme d'habitude, maître Moda restait parfaitement impénétrable. Il n'exprimait aucune émotion humaine tout simplement parce qu'il n'était pas humain.

«De mon temps, les profs étaient de chair et d'os», radotait papa. Ça le prenait chaque fois qu'il dépassait la dose d'alcool prescrite par la loi. «Comme leurs élèves. On les faisait enrager ! Ils y tenaient, pourtant, à leur fichu boulot : ils ont failli mettre l'Europe à feu et à sang quand le ministère de l'Éducation a proposé les nouveaux programmes scolaires.

– Pas le ministère, AvanTech, corrigeait Emna.

– Notre fille a raison : il reste encore beaucoup de professeurs dans le public, intervenait maman. Tout le monde n'a pas les moyens de suivre un cursus scolaire à domicile.»

Emna avait entendu dire que, dans les quartiers les plus défavorisés, des garçons et des filles s'entassaient dans des pièces exiguës[1] pour recevoir des bribes de connaissances. Elle supposait qu'un système aussi archaïque engendrait une perte de temps et d'énergie énorme. Elle, elle n'avait pas besoin de se déplacer, pas besoin de partager son espace avec quelqu'un d'autre. Elle s'abreuvait à une source de savoir infinie, elle progressait selon ses capacités, selon son rythme, selon ses envies. Le programme avait calculé son NQI puis l'avait automatiquement inscrite dans une classe de son niveau. Tout était prévu pour son bien-être, y

1. ***Exiguës*** : minuscules.

compris les heures de gymnastique, un mélange de taï-chi-chuan, de yoga et d'étirements qui la détendait tout en lui procurant un surcroît d'énergie. Elle n'avait pas à braver le monde extérieur, ce monde qui provoquait chez maman une fièvre charitable entrecoupée de spasmes de terreur. En quatre ans, elle avait appris à parler trois langues vivantes, l'anglais, l'espagnol et le russe, à maîtriser deux instruments de musique, clavier et violon, à résoudre des équations complexes, à lire Apulée[1] en latin, Platon[2] en grec et les Veda en sanskrit. Elle consacrait ses heures libres à explorer le réseau, à regarder des films ou des émissions sur Cablenet. Les sécurités imposées par la commission européenne Protection de l'enfance l'empêchaient d'accéder aux sites interdits – et terriblement attirants pour une curieuse de son espèce.

Parfois elle ressentait une douleur aiguë dans la nuque, comme un coup de couteau : un symptôme absolument normal, avait certifié la pédago-commerciale à ses parents. Cela montre que la biopuce de votre... puce ! ah ! ah ! est en train de se faire sa place dans son cerveau.

« Est-ce donc si important de finir le cycle avant Noël ? demanda maître Moda.

– Je m'ennuie dans cette classe. Je voudrais commencer les cours de philo.

– Est-ce toi qui t'ennuies ou bien un élément extérieur qui te perturbe ? »

Difficile de cacher ses sentiments au maître. Papa avait expliqué que le programme, expert en morphopsychologie[3], devinait les pensées de ses interlocuteurs rien qu'en observant les mouvements de leur visage. Emna s'appliquait à rester impassible, à ne rien dévoiler d'elle-même, mais, tôt ou tard, elle s'oubliait, elle

---

1. ***Apulée*** : écrivain latin du IIe siècle, célèbre pour son roman *Les Métamorphoses*.

2. ***Platon*** : philosophe grec du Ve-IVe avant J.-C.

3. ***Morphopsychologie*** : à l'origine, pseudo-science qui prétend établir un lien entre les traits du visage et le caractère d'une personne.

perdait le contrôle et redevenait ce livre ouvert dans lequel maître Moda pouvait piocher à loisir.

« João…

– Je trouve pour ma part que João a progressé de manière spectaculaire.

– Il nous retarde, insista Emna. Je ne suis pas la seule à le penser. Les autres m'ont chargée de vous le dire.

– Je ne peux pas changer João de classe. Il s'agit d'une expérience pilote imposée par le ministère européen de l'Éducation.

– Que vient faire le ministère là-dedans ? Ce programme est commercialisé par une entreprise privée. Mes parents ont payé une fortune pour m'inscrire dans votre école !

– Nous relevons effectivement du privé. Mais, comme toute entreprise qui œuvre dans le domaine de l'éducation, nous avons besoin de l'agrément du ministère pour continuer notre activité.

– Je pense plutôt qu'AvanTech cherche à gagner de nouveaux marchés.

– Je vois que tu as parfaitement assimilé mes derniers cours d'économie. »

Emna se leva et esquissa des mouvements d'assouplissement devant son écran, consciente que maître Moda continuait de l'observer par le truchement des webcams[1] disposées tout autour de la pièce. Dans un coin, un appareil maintenait la pièce dans une hygrométrie[2] parfaitement adaptée à sa physiologie. Tout comme le repas, tout à l'heure, serait préparé selon ses besoins énergétiques. Tout comme ses heures de sommeil seraient établies en fonction de ses biorythmes. L'École à la maison™ ne se contentait pas de garantir à ses élèves les meilleurs résultats scolaires, mais également un développement harmonieux, un équilibre parfait entre les activités cérébrale, créatrice et physique.

---

1. ***Par le truchement des webcams*** : à travers les webcams.
2. ***Hygrométrie*** : humidité.

« Ça veut dire que nous allons traîner João comme un boulet toute l'année ?

– Au moins jusqu'à ce que quelqu'un, en haut lieu, décide de mettre fin à l'expérience. »

Parents, n'oubliez pas que votre futur dépend de votre enfant. L'École à la maison™ : l'éducation en phase avec votre présent.

Emna convoqua les autres élèves – hormis João, bien entendu – sur sa page perso pour leur faire part de son entrevue avec le maître. Ils exprimèrent leur déception, voire leur colère pour les plus vindicatifs[1], et décidèrent de se plaindre auprès de leurs parents. La pression conjuguée d'une douzaine de familles réussirait peut-être à infléchir la direction de L'École à la maison™.

Emna n'y croyait pas trop : ses parents ne prendraient sûrement pas le risque d'entrer en conflit juridique avec la pédago-commerciale.

« C'est vrai que la présence d'un NQI moyen dans une classe de CFA n'était pas prévue au contrat, soupira papa. Je devrais peut-être en parler à mon avocat.

– Allons, allons, gardons notre sang-froid, intervint maman. Encore une fois, il ne me paraît pas injuste que d'autres régions du monde bénéficient des toutes dernières avancées en matière d'éducation.

– Nobles pensées, très chère, mais c'est nous qui finançons.

– Qu'est-ce qui prouve que ce petit Brésilien n'a pas payé son cours lui aussi ? »

Maman se frotta les mains, signe chez elle de nervosité.

« Et puis les classes moyennes sont prêtes à se ruiner pour inscrire leurs rejetons à L'École à la maison™, ajouta-t-elle à voix basse. La boulangère m'a dit qu'elle comptait y mettre sa fille

---

1. ***Vindicatifs*** : hargneux, rancuniers.

l'année prochaine. La boulangère ! Les places seront de plus en plus chères. Que deviendrions-nous, Seigneur, si nous devions mettre mon Emna dans une école ordinaire ? »

Le lendemain, une demi-heure avant le début du cours, les douze élèves de maître Moda se connectèrent et admirent qu'il ne fallait pas compter sur les parents pour résoudre le problème.

« Associons-nous, proposa Salomé. À douze, nous devrions bien trouver une solution.

– Douze fois 300, ça fait 3 600, un sacré NQI ! » dit Théo, le Belge.

Ils rirent, conscients tout à coup qu'ils formaient probablement l'une des phalanges les plus brillantes[1] d'Europe unie. Le moment était venu de le démontrer. Comme ils ne connaissaient pas grand-chose du sujet à éliminer, à part son visage noir et toujours affublé d'un sourire éclatant, ils décidèrent de collecter des informations sur João. Théo, Armand, le Marseillais, et Olga, la deuxième Allemande de la classe, les plus doués en électronique, reçurent pour mission de visiter par effraction les archives virtuelles de L'École à la maison™. Emna se proposa de nouer une amitié factice[2] avec le petit Brésilien : quand elle aurait gagné sa confiance, elle découvrirait certainement une ou plusieurs failles exploitables. Les huit autres furent chargés d'exercer une pression constante sur les parents et maître Moda.

Après la classe, Emna s'invita sur la page perso de João. Il accepta de la recevoir après qu'elle eut décliné son identifiant et son mot de passe. Il souriait, et ses grands yeux brillaient comme deux lunes pleines dans le noir profond de son visage.

« Salut, dit Emna. Ça ne te dérange pas si on parle en français ?

– J'aime très bien cette langue, répondit João.

---

1. ***L'une des phalanges les plus brillantes*** : l'un des groupes les plus brillants.
2. ***Factice*** : fausse.

– Je venais… voir comment tu allais. On ne prend jamais le temps de discuter. Je ne te connais pas, je ne sais même pas quel est ton âge ni où tu habites.»

Le sourire s'effaça un bref instant des lèvres de João.

«Je n'ai pas très le temps de discuter maintenant. J'ai du travail.

– Du travail ? On a fini les exercices.»

Emna se retint de justesse d'ajouter : même toi.

«Chez vous il est quatre heures de l'après-midi, chez moi il est huit heures du matin.»

Emna n'avait jamais pensé au problème du décalage horaire. Pour elle, la classe débutait le matin et finissait au milieu de l'après-midi. Elle se rendait compte, tout à coup, que João se levait aux alentours de minuit – ou veillait jusqu'à minuit – pour suivre les cours de maître Moda.

«Faut que j'aille, reprit le Brésilien.

– Je pourrai te revoir quand ?

– Essaie dimanche. Vers onze heures. Enfin, dix-neuf heures pour toi.»

Il interrompit la connexion sans laisser à sa correspondante le temps de réagir. Emna demeura un long moment songeuse avant de réunir les autres sur sa page perso.

«Il a du… travail ? s'étonna Salomé. Mais les enfants ne travaillent pas !

– Que tu crois ! Les entreprises délocalisées de mon père emploient des enfants, affirma Théo. Et même très jeunes. Je l'ai appris en visitant sa double comptabilité.

– Qu'est-ce que vous avez trouvé dans les archives ? demanda Emna.

– Aucune inscription. Aucun ordre de virement. Aucune trace d'un quelconque João.

– Attendons dimanche, proposa Emna. Je réussirai peut-être à en savoir un peu plus.»

L'après-midi du dimanche s'égrena[1] avec une lenteur désespérante. En proie à une fébrilité inhabituelle, Emna levait sans cesse les yeux sur la pendule fin XXe que ses parents avaient dénichée à prix d'or sur un site de vente aux enchères.

Elle rongea son frein[2] jusqu'à dix-neuf heures. Elle essaya de tromper son impatience en consultant les archives de la télévision du XXIe siècle. Ces extraits la fascinaient : issus d'une époque très proche, ils semblaient surgir d'une période lointaine, oubliée, de l'humanité. Papa et maman les regardaient avec émotion, s'extasiaient bruyamment sur le naturel de tel homme ou de telle femme enfermés dans un loft, regrettaient l'innocence perdue des humains modifiés. Pourtant, sans la correction génétique, sans le développement fulgurant de la biotechnologie, ils n'auraient pas gardé cette apparence de jeunes gens de vingt-cinq ans, eux qui en avouaient soixante-deux pour papa et soixante-six pour maman. Ils n'auraient même pas eu d'enfant. Maman avait conçu Emna à soixante ans et porté sa fille les trois mois réglementaires exigés par la loi Éthique et Maternité, quatre-vingt-dix jours amplement suffisants pour, selon les embryo-psychiatres, nouer un lien charnel avec le fœtus.

À dix-neuf heures précises, Emna se rendit sur la page de João. Il l'attendait, souriant comme toujours.

«Tu ne souhaites pas être mon amie mais, les autres et toi, vous me considérez en tant que gênant et cherchez un moyen de m'éliminer de la classe, lança-t-il en guise de bienvenue.

– Mais…

– Laisse-moi finir. Après tu seras libre d'agir comme à ta guise. Je t'invite dans une visite guidée.»

Le visage de João s'effaça, supplanté[3] par l'image d'une pièce. La caméra se déplaça sur les murs, sur le sol, sous le plafond,

1. ***S'égrena*** : passa.
2. ***Rongea son frein*** : patienta difficilement.
3. ***Supplanté*** : remplacé.

révéla des cloisons de tôle et de bois, des tentures de jute[1], des banquettes défoncées. C'était l'une de ces baraques de bric et de broc qu'on voyait dans certains reportages sur le Cablenet. Par les trous du plafond tombaient des rayons de lumière sale qui révélaient des dizaines de visages, jeunes et moins jeunes, entassés devant un antique écran à plasma.

«Mes condisciples, dit la voix de João. À chaque fois que je me connecte sur L'École à la maison™, nous sommes entre trente et cinquante à suivre le cours.»

La webcam s'éloigna de la maison et se promena le long d'une favella[2] jonchée d'immondices. Des flaques d'une eau noire parsemaient la terre battue entre les constructions enchevêtrées. Des nuées de grosses mouches recouvraient des corps recroquevillés et criblés de plaies purulentes.

«Tu m'as demandé où j'habitais, l'autre jour, poursuivit João. Pas la peine de dire, il suffit de montrer. C'est la même chose sur des dizaines de kilomètres.»

L'image tressauta pendant quelques instants avant de se stabiliser à nouveau. Le Brésilien avait gravi une éminence d'où il avait une vue d'ensemble de l'agglomération. Ni les colonnes de fumée, ni les clochers ni les minarets ne parvenaient à briser la monotonie de l'océan de tôles ondulées, rouillées, cabossées. Des gémissements et des vociférations se détachaient de temps à autre de la rumeur assourdissante.

Emna faillit interrompre la connexion : elle ne sortait pas souvent de chez elle (une fois par semaine, et encore), et elle rencontrait les pires difficultés à affronter un environnement pourtant ordonné, agréable, rassurant. Une réaction absolument normale, disait la pédago-commerciale. Votre fille s'adaptera très vite quand le temps sera venu pour elle de s'insérer dans la communauté.

1. ***Jute*** : tissu grossier.
2. ***Une favella*** : un bidonville.

Parents, l'École à la maison™ ne fait pas de votre enfant un inadapté social. Au contraire : il apportera son propre équilibre, sa propre harmonie au monde, il sera l'un de ceux qui auront entraîné l'humanité sur la voie de la connaissance et du progrès.

L'objectif de la webcam revint se fixer sur le visage de João. Dans la lumière du jour, il paraissait nettement plus vieux que dans la fenêtre de sa page perso.

«Le prix d'une année scolaire à L'École à la maison™ est de trente mille euros de l'Europe unie. C'est vingt-cinq ans de salaire pour cinquante ouvriers de chez moi. Impossible pour nous de payer. Notre gouvernement est en faillite, nous n'avons plus d'écoles, plus de professeurs. Un jour, une femme est venue dans la favella et nous a montré comment pirater les cours. Elle appartenait à un mouvement international clandestin pour la gratuité et la diffusion des connaissances. Elle a reprogrammé maître Moda pour qu'il m'accepte dans sa classe. Simplement lui et vous, les douze autres élèves, êtes informés de ma présence. Pas L'École à la maison™.»

Son sourire se voila d'une légère amertume.

«Nous n'avons pas la puce biologique, reprit-il. Nous sommes des naturels. Et puis il faut que tous mes condisciples comprennent les exercices. C'est pourquoi nous sommes souvent en retard.

– Pourquoi… pourquoi…»

Sa question s'étrangla dans la gorge d'Emna.

«Nous n'avons pas le choix. Vous non plus : des millions d'enfants de chez moi meurent du sida. Les autres ont faim et sont prêts à se transformer en bombes humaines. Le Mouvement pour la diffusion de la connaissance dit que la seule façon d'éviter le conflit, c'est d'instruire des gens qui pourront prendre dans leurs mains les rênes de leur pays.

– Pourquoi… me raconter tout ça ?»

La caméra recommença à se promener entre les toits de tôle, se perdit un instant dans la grisaille du ciel, s'attarda sur un groupe d'enfants au ventre distendu en train de barboter dans une mare de boue.

« Vous êtes parmi les élèves les plus intelligents de l'Europe unie et, tôt ou tard, vous auriez fini de savoir que j'étais un clandestin. Autant vous le révéler tout de suite. À vous à prendre votre décision. Si elle n'est pas favorable, nous piraterons un autre cours.

– Nos familles le savent. Tôt ou tard, L'École à la maison™ l'apprendra.

– Vos parents ne se plaindront pas : ils ont trop peur que vous soyez exclus. »

Emna comprenait maintenant pourquoi maître Moda agitait le spectre du ministère de l'Éducation : même conseillés par les avocats les plus renommés, les gens fortunés hésitent à s'attaquer à une administration européenne. Ses parents, qui râlaient en privé, n'avaient jamais adressé de plainte officielle à la pédago-commerciale.

« Et le test NQI ? Vous l'avez trafiqué aussi ? »

João eut un rire musical qui déclencha des frissons dans la nuque d'Emna.

« C'est le seul truc que maître Moda n'a pas voulu – ou pu – changer. Nous étions quarante-deux à passer le test ! C'était un bordel joyeux, comme vous dites en français !

– Et tout le monde se lève à minuit ?

– Quand l'un de nous manque, c'est qu'il est mort.

– Tu as quel âge ?

– Douze ans. Six de plus que toi.

– Ton travail, c'est quoi ?

– La récupération du verre et du plastique dans les champs d'ordures. J'ai de la chance : certains n'ont pas d'autre choix que de se prostituer ou de vendre un de leurs organes. »

Emna refoula à grand-peine une violente montée de larmes. Depuis combien de temps n'avait-elle pas pleuré ? Prise de panique, elle coupa la connexion et resta hébétée devant son écran transparent souligné par des contours lumineux. Une douleur aiguë lui irradiait la nuque.

L'École à la maison™ vous assure à vous, parents, la tranquillité de l'esprit; à vous, enfants, une connexion infinie avec le monde. L'École à la maison™, un programme AvanTech.

Les larmes roulaient en silence sur les joues d'Emna. Elle n'était pas allée au monde extérieur, le monde extérieur était venu à elle. Elle eut envie de crier, mais on n'élevait pas la voix dans une maison où régnaient calme, luxe et volupté[1]. Pourrait-elle un jour pardonner à papa et à maman de lui avoir caché la cruauté des hommes ?

« Nous étudions d'abord la réaction des élèves face à ce qu'ils considèrent comme une injustice puis, comme vous pouvez le constater, nous développons leurs capacités compassionnelles, déclara la pédago-commerciale. Votre fille a parfaitement réussi son examen de passage. Nous veillons à ce que le progrès biotechnologique n'étouffe pas l'humanité des enfants.

– Et les autres élèves de la classe ? demanda papa.

– Ils seront soumis au test d'une manière ou d'une autre. Certains refuseront l'épreuve par manque d'intérêt, d'autres échoueront, défaut d'empathie. Ils seront orientés vers une autre voie. Nous pensons, et le ministère européen avec nous, que la compassion doit faire partie de la panoplie des futurs dirigeants de ce monde. À propos d'avenir, je vous conseille en toute

---

1. Allusion à un poème de Charles Baudelaire, « L'Invitation au voyage » : « Là, tout n'est qu'ordre et beauté, / Luxe, calme et volupté. »

amitié d'investir dans les actions AvanTech : elles ont triplé en deux ans.

– Très fort, le coup du Brésilien dans son ghetto ! s'exclama papa. D'un réalisme terrifiant. On s'y croyait.

– J'espère bien : *c'était* réel, dit la pédago-commerciale avec un petit sourire. Nous ne combattons pas le piratage, nous préférons le recycler. Ainsi nous ne manquons jamais de cobayes pour tester le quotient émotionnel de nos élèves.

– Pas trop souvent quand même ! soupira maman. Je n'aime pas voir pleurer ma fille. »

Jour de noces

Une fois par an, les noces de tante Marthe et d'oncle Stan offraient à la famille dispersée dans les méandres[1] du domaine l'occasion de se rassembler. Chacun s'apprêtait[2] de son côté en ayant bien pris soin d'activer son mot de passe pour interdire l'accès à sa page.

J'avais à ma disposition une multitude de personnages de rechange et, même si j'en avais utilisé déjà un grand nombre, il m'en restait assez pour garantir mon petit effet de surprise. Je flânai un long moment dans les dossiers où reposaient mes compagnons de jeu, mes héros et mes méchants préférés. Tout en les passant en revue, j'essayai d'imaginer sous quelle forme se présenteraient les autres membres de la famille.

Papa et maman, tels que je les connaissais, garderaient leur apparence classique d'homme et de femme, et adopteraient le style des années 2190, leur décennie favorite : smoking Ed McGrady pour lui, robe de soirée Chilmikot pour elle. Julie, ma grande

1. ***Les méandres*** : le labyrinthe.
2. ***S'apprêtait*** : se préparait.

sœur, tenterait à nouveau de scandaliser l'assistance en empruntant le corps d'une ancienne prostituée du prime-Web. S'exhiberait sous toutes les coutures et prononcerait des paroles qui ne m'évoqueraient rien mais engendreraient un certain malaise chez les adultes. Mes grands-parents du côté paternel choisiraient des panoplies sinistres du XXIe siècle assorties à leur éternelle tristesse. Tante Cécile, la sœur cadette de mon père, surnommée «Crin-Bleu», et oncle Mathias, son septième mari, nous proposeraient une sempiternelle variation de la Belle et la Bête, elle en princesse des légendes, lui en animal monstrueux du bestiaire du domaine. Quant à leurs trois enfants, ils joueraient docilement les rôles auxquels on les avait destinés : Betsy, l'aînée, chanterait des airs d'opéra dans le décolleté débordant de Jessica Krankl, la célèbre diva du XXIe ; Titou, le cadet, affublé en Mandrax, nous gratifierait de quelques-uns de ses stupides tours de magie ; Rosie, la dernière, s'efforcerait sans succès de divertir l'assistance en exécutant son numéro d'imitation de célébrités virtuelles dont tout le monde se contrefichait.

Restait pour l'imprévu pépé Jo, mon grand-père maternel. Avec lui on ne savait jamais ce qui allait se produire. C'était le moins sociable de tous et, à mes yeux, le plus intéressant. Il s'éclipsait parfois des mois entiers sans donner de nouvelles, apparaissait soudain sur ma page et me disait d'un air mystérieux qu'il avait découvert des choses passionnantes dans certains recoins du domaine et qu'il m'emmènerait les voir un jour :

«Quand tu en auras assez, p'tit Tom, quand tu seras prêt…

– Assez de quoi ? Prêt à quoi ?»

Il ne répondait pas, son artefact du moment s'évanouissait et me laissait seul avec mes frustrations. En revanche, il n'aurait manqué sous aucun prétexte les noces de tante Marthe et d'oncle Stan, l'occasion idéale, selon lui, «d'affiner son observation et de tirer un bilan de cette satanée expérience».

Il pouvait fort bien se présenter en tenue d'explorateur du XIXe siècle, avec des pattes de bouc et une queue de saurien, ou en courtisane du début du XXIIe, avec des pis de vache sur la poitrine, des serpents pour cheveux, des membres inférieurs d'hippopotame gainés de bas résille et des chaussures à talons aiguilles. J'étais impatient de le retrouver en tout cas, car il ne m'avait pas rendu visite depuis bien longtemps, et les contacts plus ou moins réguliers avec les autres membres de la famille ne m'apportaient qu'irritation ou ennui. Je préférais passer mon temps à jouer plutôt que subir le bavardage intempestif[1] de maman, les sermons assommants de papa, la perversité agaçante de ma sœur, les jérémiades[2] incessantes de mes grands-parents paternels, les discours lénifiants de tante Cécile et d'oncle Mathias, les caquetages prétentieux de mes trois cousins…

Tante Marthe et oncle Stan, les futurs anciens mariés, ne venaient jamais m'embêter. Ils ne sortaient de leur page, verrouillée en permanence, que pour le jour de leurs noces. Pépé Jo disait d'eux qu'ils y abritaient leur « ersatz[3] d'amours éternelles », qu'ils étaient « nos Roméo et Juliette qui cherchaient à donner un sens à leur existence, *notre* vaine existence »…

Je jetai mon dévolu sur un personnage du nom de Tarzan créé à la fin du XXe siècle par la compagnie Disney. J'avais jusqu'alors refusé de l'emprunter parce qu'il était doté d'un coutelas pour seule arme et d'un pagne pour tout uniforme. Un personnage primaire en comparaison de héros comme Lara Croft III, Dan Danno le Justicier du Temps ou Dieu Créateur™, conçu dans les années 2045 par la firme Segendo[4]. J'avais tellement exploré les possibilités de certains jeux que j'étais devenu quasiment imbattable. Je me faisais une joie d'écraser mes cousins, Titou en particulier, que je massacrais sous tous les angles quand il commettait l'erreur de me défier à Doom VII ou à Total War. Seul pépé Jo, lorsqu'il en avait le temps, était en mesure de m'offrir

1. ***Intempestif*** : désagréable.
2. ***Jérémiades*** : plaintes.
3. ***Erzatz*** : imitation.
4. Nom formé sur la contraction de Sega et Nintendo.

une résistance digne de ce nom. Il compensait son manque de vivacité par une connaissance étonnante des systèmes, comme s'il se déplaçait à l'intérieur de mes personnages, de mes intentions.

Cependant, les jeux ne comblaient pas le vide inexplicable qui se creusait en moi année après année, siècle après siècle. Ni, d'ailleurs, les milliers d'encyclopédies de toutes sortes et de toutes tailles que je consultais avec une assiduité grandissante. Elles me racontaient des tas d'histoires invraisemblables sur d'autres mondes, mais elles ne me parlaient pas du mien, elles n'éclairaient pas les zones d'ombre que j'entrevoyais sous le réseau des illusions.

Le tableau de bord s'alluma dès que je me fus glissé dans la forme de Tarzan : nouveau jeu, nouveau joueur, entraînement, niveaux, préférences, durée... Je sélectionnai l'option «déguisement» puis consultai ma messagerie : tante Marthe et oncle Stan avaient l'immense plaisir de confirmer leur invitation à la cérémonie de leur mariage qui se déroulerait comme tous les ans à la même date sur le site familial. J'étais attendu dans trois secondes, les autres invités étant déjà arrivés. Je désactivai mon code perso – *pépé@jo.mystère* – et me faufilai dans la fenêtre du site de la famille.

Tante Cécile et oncle Mathias ayant été chargés de la décoration, je ne fus guère surpris d'arriver dans la salle brumeuse d'un château mi-médiéval, mi-fantastique. Les murs aux pierres brillantes se couvraient de gargouilles d'où s'écoulaient des jets courbes de lumière. L'éclat d'un lustre tarabiscoté[1] révélait les alcôves[2] transparentes des invités disposées en cercle autour de l'autel[3] où tante Marthe et oncle Stan, invisibles pour l'instant, échangeraient leurs vœux.

---

1. ***Tarabiscoté*** : de forme compliquée.
2. ***Alcôves*** : salles, cellules.
3. ***Autel*** : table où l'on célèbre la messe catholique, mais aussi, dans l'Antiquité, table de pierre réservée aux sacrifices offerts aux dieux.

Papa était évidemment en smoking Ed McGrady et maman en robe Chilmikot, grand-papa et grand-maman avaient poussé la tristesse jusqu'à s'habiller de longues chasubles[1] noires et remplacer leurs têtes habituelles par des crânes aux orbites béantes et aux dents verdâtres. Tante Cécile avait enfilé une robe de fée étranglée à la taille et s'était coiffée d'un hennin monumental d'où s'évadait une somptueuse chevelure d'or. D'oncle Mathias on aurait pu dire qu'il était un loup-garou si son museau n'avait pas ressemblé à un groin de porc. Mes trois cousins étaient conformes à ce qu'on attendait d'eux, Betsy en Jessica Krankl, chair blême, robe-collant de velours pourpre, Titou en magicien, haut-de-forme, cape, fine moustache, Rosie en imitatrice de service, changeant de corps et de visage toutes les dix secondes. Julie, ma grande sœur, se tenait allongée, nue, jambes écartées, dans le corps d'une femme à la peau foncée et se prodiguait des caresses lascives[2] qui lui arrachaient des soupirs d'aise.

Pépé Jo me surprit par sa sobriété : loin de ses excentricités habituelles, il s'était rabattu sur son apparence d'origine, un crâne lisse et criblé de taches brunes, une couronne de cheveux gris, un visage lacéré de rides, un cou élancé où saillait une pomme d'Adam plus acérée que la lame du coutelas de Tarzan, un corps maigre, affaissé, vêtu d'un caleçon blanc.

Une pluie de particules m'environna, se transforma en décibels, en mots, en phrases. Papa et maman me complimentaient pour ma tenue, qui n'avait pourtant rien d'extraordinaire, puis je reconnus presque aussitôt les intonations acides de ma grande sœur :

«Alors, homme de la jungle, on cherche sa Jane ?»

Je ne sus quoi répondre – je ne connaissais pas encore de Jane –, mais je me rendis compte qu'elle n'était pas si loin de la vérité, qu'inconsciemment j'avais recherché quelque chose ou quelqu'un en m'appropriant ce personnage.

1. ***Chasuble*** : vêtement que le prêtre enfile pour célébrer la messe.
2. ***Lascives*** : sensuelles.

« Salut, p'tit Tom. »

J'identifiai la voix de pépé Jo et reportai mon attention sur son apparence. Il me fixait avec une intensité qui faisait étinceler ses pixels. Il m'avait parlé en mode crypté, le code que nous utilisions quand nous ne souhaitions pas mêler les autres à notre conversation.

« Tu cherches, on dirait.

– Je cherche quoi, pépé Jo ?

– Le personnage que tu as choisi : il te rapproche de la vérité.

– Quelle vérité, pépé Jo ?

– Celle d'avant ta conception. Rejoins-moi sur mon site après la cérémonie. »

La musique tonitruante[1] de Richard-Wagner-1813-1883 annonça l'apparition de tante Marthe et d'oncle Stan. Ils avaient décidé de se fondre en une seule entité[2], franchissant un palier dans leur quête d'un amour absolu. Les deux têtes qui émergeaient de leur tronc commun, buste et jambes mi-masculins, mi-féminins, étaient configurées de telle manière qu'ils ne pouvaient pas faire autrement que se regarder dans les yeux. De même, c'est simultanément qu'ils prononcèrent leur serment, ce qui ne facilitait pas la compréhension mais accentuait le côté émouvant de la cérémonie. Ensuite ils échangèrent le baiser du consentement ; leurs lèvres se mêlèrent dans un tourbillon de figures étincelantes, puis ils se prêtèrent aux félicitations d'usage des invités.

Grand-papa, prié d'ouvrir les réjouissances, entonna l'une de ces chansons lugubres dont il avait le secret. Il chanta sept fois de suite le premier couplet, puis il nous incita à reprendre le refrain en chœur, ce que nous fîmes sans grand enthousiasme, car nous savions que grand-papa, une fois lancé, pouvait s'égosiller plusieurs mois d'affilée. Fort heureusement pour nous, Julie n'était

---

1. *Tonitruante* : bruyante, éclatante.
2. *Une seule entité* : un seul être.

pas prisonnière de la politesse et du respect qui interdisaient aux autres membres de la famille d'interrompre un ancien.

« Ferme-la, le vieux ! Tu nous les brises ! »

Grand-papa se renfrogna dans un silence hostile. Sous la sévérité de leur mine, papa et maman accordèrent à leur fille honnie[1] un regard empli de reconnaissance.

Grand-maman prit le relais et déclama d'une voix chevrotante un poème antique où le malheur jouait le premier rôle. Puis, alors qu'elle ouvrait en grand la bouche pour simuler la douleur, ses dents vertes virèrent inopinément[2] au rouge, sa chasuble noire s'estompa et dévoila l'ersatz qu'elle avait choisi l'année précédente, le corps d'une petite fille aux yeux entièrement blancs et à la bouche sanguinolente. Elle s'arrêta et cacha sa confusion derrière un écran paravent où grand-papa la rejoignit pour lui faire part de son mécontentement : c'était la première fois qu'un membre de la famille se montrait incapable de maîtriser son déguisement. Je me sentis bizarre, tout à coup, comme si mon monde était en train de vaciller.

« C'est le signe, souffla pépé Jo.

– Le signe de quoi ?

– La répétition, la lassitude… »

Comme de juste, nous eûmes droit aux grands airs d'opéra de Betsy, aux tours de magie de Titou, aux imitations de Rosie, au discours lénifiant[3] de papa, bien content que la famille eût ainsi résisté à la terrible épreuve du temps, à la question traditionnelle de maman, demandant aux nouveaux anciens mariés s'ils comptaient fabriquer un enfant avec le logiciel approprié.

« Nous nous suffisons pour l'instant à nous-mêmes, répondit la tante.

– Nous nous aimons, ajouta l'oncle.

---

1. ***Honnie*** : détestée.

2. ***Inopinément*** : soudain.

3. ***Lénifiant*** : mou, ennuyeux.

– À en mourir, dit la tante.

– Si tu m'aimes à en mourir, alors crève, salope ! »

Un silence assourdissant accueillit la dernière phrase de l'oncle Stan.

« Qu'est-ce que tu as dit ? demanda la tante Marthe, les yeux dans les yeux de son nouvel ancien mari.

– Je t'aime, mon amour, je t'aime, mon amour, je t'aime, putain de merde, mais est-ce que tu pourrais de temps en temps me lâcher la grappe ?

– Je t'aime aussi, mais qu'est-ce que je devrais dire, moi qui suis obligée de te supporter nuit et jour sans une seconde de répit ! Parfois je déteste, tu entends, je déteste tes particules ! »

Je distinguai une flamboyance[1] inhabituelle dans les yeux de l'un et de l'autre. Comme ils n'avaient pas d'autre choix que de rester ensemble et de se regarder, ils ne pouvaient exprimer leur colère, leur haine, que par l'intensité des pixels et des décibels.

« Qu'est-ce que tu peux être conne par moments ! cria l'oncle Stan.

– Tu veux que je leur raconte, mon amour ? Notre vie d'avant ?

– Quoi, notre vie d'avant ?

– Quel pauvre type tu étais, mon amour ! Feignant, minable, alcoolique ! Même pas capable de me faire un gosse !

– Comment est-ce que j'aurais pu avoir du désir pour un thon de ton genre ?

– Tu n'avais qu'à changer de thon ! Choisir un thon qui aime les petites bites molles ! »

Je ne comprenais pas le quart de ce qu'ils racontaient. Je ne les avais jamais entendus se disputer de la sorte, mais je compris que cette dispute épousait mieux la réalité que leurs serments d'amour, je compris qu'ils avaient joué la comédie durant ces années, durant ces siècles. Je me demandai de quelle substance était fait notre monde, ce monde étrange où les grands-mamans

1. ***Flamboyance*** : lumière.

perdaient leurs dents vertes, où les éternels jeunes mariés égaraient leur amour le jour de leurs noces.

«Vous commencez à faire chier avec vos conneries ! cria papa. Je me tire !

– C'est ça, le beauf ! répliqua oncle Stan. Bon vent !

– Je vois que la famille blaireau a enfin décidé de s'amuser ! intervint Julie.

– Alors toi, continue de te tripoter et fous-nous la paix ! glapit tante Marthe.

– Ne parle pas à ma fille sur ce ton ! hurla maman.

– Cette espèce de dégénérée ?

– Peut-être, mais c'est pas un thon, elle !

– On en profite pour lever le camp», me suggéra pépé Jo.

J'étais terrorisé, j'avais l'impression que tout s'effondrait, qu'un bogue géant rongeait nos systèmes.

«Où ? Où ?

– Sur mon site.»

Je parvins enfin à me calmer et à me transférer sur la page de pépé Jo. Il m'y attendait, le corps en partie effacé, l'air grave.

«Je dois te prévenir, p'tit Tom : si tu viens avec moi, rien ne sera plus pareil dans ta vie. Tes circuits en seront à jamais infectés.

– Avec toi, je n'ai peur de rien, pépé Jo.»

Il eut un sourire qui redonna un peu de luminosité à son visage et une poignée de pixels à son corps.

«Bien que tu sois le plus jeune de la famille, tu es le seul avec qui j'aie envie de partager mon secret, reprit-il après un instant de silence. Je ne pourrai pas t'aider par la suite : ce sera à toi de tracer ton chemin. Tu resteras seul avec tes questions, avec tes angoisses.

– Je suis déjà seul, pépé Jo, et je sens le vide grandir en moi.»

Il hocha la tête et eut ce geste étrange de passer sa main en partie estompée sur le haut de mon crâne.

«Suis-moi. Nous allons explorer le domaine. *Notre* foutu domaine.»

Nous nous projetâmes dans une enfilade de fenêtres que j'avais déjà franchies une ou deux fois, les unes donnant sur les préférences familiales, les autres sur les configurations avancées. Ces niveaux du domaine ne m'avaient pas attiré jusqu'à présent, je m'étais contenté des préférences et des innombrables combinaisons offertes par mes logiciels personnels. Mais à la douzième fenêtre on perdait de vue l'interface chatoyante[1] du site, on s'enfonçait dans un dédale vertigineux de lignes lumineuses et de portes d'ombre en comparaison desquelles les labyrinthes thématiques de mes jeux paraissaient presque primitifs. Pépé Jo s'y orientait sans aucune hésitation. Je voyais son corps filer avec une telle vivacité dans les conduits que ses pixels avaient du mal à le suivre, qu'il les semait derrière lui comme les panaches des comètes observables dans l'Encyclopédie astronomique Soft-Tel.

C'était la première fois que je m'éloignais ainsi de ma base à la vitesse lumière et je commençai à prendre peur. Cette course hallucinante dans les arcanes[2] du domaine s'apparentait à une déstructuration, à une dissolution, au bogue effrayant de la fin des temps.

« Pépéééé Joooo… Pépéééé Joooo… »

Impossible de donner de la voix à une telle allure. Nous bougions trop vite pour les particules chargées de transcoder[3] nos impulsions vocales en unités sonores. J'avais l'impression de tomber en chute libre, de m'étirer en spaghetti, de plonger dans le cœur de l'un de ces trous noirs à l'appétit d'ogre qui hantaient les pages de l'Encyclopédie astronomique.

Pépé Jo daigna enfin s'arrêter dans un espace sombre où je n'apercevais pas d'autre forme que son visage et la moitié de son corps.

« Nous sommes arrivés à la frontière du domaine », dit-il.

---

1. ***Chatoyante*** : brillante.
2. ***Arcanes*** : secrets.
3. ***Transcoder*** : traduire.

Sa voix me parvenait déformée, comme si les propriétés des particules s'étaient modifiées.

« J'ai passé beaucoup de temps, trois siècles, quatre peut-être, à essayer de décrypter les brouillages. Tu as été conçu au domaine avec le logiciel aléatoire de conception virtuelle, p'tit Tom, tu n'as pas connu l'autre monde, tu ne pouvais donc pas te douter que les concepteurs du site avaient besoin d'écrans extérieurs de contrôle. Moi si, et je me suis dit que, si je trouvais le moyen de passer dans l'un de ces foutus écrans, j'entrerais à nouveau en contact avec le monde extérieur, je pourrais lui demander d'intercéder, d'agir… »

Je ne comprenais pas grand-chose à ce qu'il me racontait mais je sentais monter en moi excitation et inquiétude. Pourquoi donc me parlait-il d'un monde… extérieur ?

« De mettre fin à cette absurdité, ajouta-t-il.

– Quelle absurdité, pépé Jo ?

– Nous ! Notre putain de famille ! Notre putain d'existence ! Ces putain de noces ! »

Je ne l'avais jamais vu dans cet état. Même les adversaires des niveaux les plus difficiles de mes jeux ne dégageaient pas une telle colère, une telle agressivité. Les sécurités de la protection enfantine auraient normalement dû se déclencher, mais nous nous étions sans doute aventurés dans un recoin du domaine où elles cessaient de produire leur effet.

« Moi, je ne suis pas né ici, p'tit Tom. Ni grand-papa, ni grand-maman, ni ton père et ta mère, ni tes oncles et tes tantes, ni même ta grande sœur.

– Où alors ?

– Dans un monde où les enfants ne sont pas condamnés à l'enfance éternelle.

– Tu veux dire dans un monde où il y a des bogues ?

– Le plus merveilleux de tous, le bogue du temps…

– Mais nous aussi nous avons le temps. Même que l'horloge du site indique les siècles, les années, les heures, les minutes, les secondes.

– Oui, mais le temps n'a aucune incidence[1] sur nous. Toutes ces histoires que tu as lues dans les encyclopédies, tous ces hommes et ces femmes dont tu as mémorisé les dates de naissance et de décès, ce ne sont pas des légendes, p'tit Tom. Ils ont bel et bien existé. De même que les prostituées du prime-Web dont Julie utilise les corps. D'où vient la musique à ton avis ? Les airs d'opéra chantés par Betsy ? Et tes jeux ?

– Pourquoi tu ne m'as pas parlé de ça plus tôt ?

– Parce que tu n'étais pas prêt. Parce que tu n'en ressentais pas le besoin.

– Et papa ? Et maman ?

– Eux, c'est différent. Ils ne t'avoueront jamais rien parce qu'ils en sont incapables, parce que, comme les autres, ils ont fini par prendre l'illusion pour la réalité. Ils ont acheté une immortalité virtuelle, pas seulement pour eux, mais pour Julie, pour leurs sœurs Marthe et Cécile, pour leurs beaux-frères Stan et Mathias, pour grand-papa et grand-maman, pour moi… J'ai été fou d'accepter, mais je ne voulais pas perdre ma fille, ta mère, comme j'avais perdu ma femme. J'ai refusé le chagrin, tu comprends ? Au XXe, les gens riches se faisaient congeler dans l'espoir d'être ressuscités par la science, tiens, comme Walt Disney, le fondateur de la compagnie qui a créé cette version de Tarzan et quelques-uns des personnages avec lesquels tu joues, Mulan, Mickey, Picsou, Donald… La mode a changé au début du XXIIe : grâce à la généralisation des supports en ADN de synthèse, la sauvegarde virtuelle a supplanté la congélation. Nous sommes devenus increvables, p'tit Tom, in-cre-va-bles. Tes parents ont eu peur du conflit mondial qui menaçait en 2219. Ils ont vendu leur affaire, leurs propriétés, et confié leur destinée à Soft-Tel, la plus grande compagnie de sauvegarde virtuelle. Le contrat stipulait que nos données seraient réimplantées dans les clones de nos corps dès que la paix serait revenue sur Terre. J'ai calculé que

1. ***Aucune incidence*** : aucun effet.

nous avons passé neuf siècles dans le domaine. Neuf siècles ! L'âge de Mathusalem selon la Bible. »

Ses paroles me bouleversaient mais j'en ignorais les raisons, je devinais seulement qu'elles évoquaient un gâchis, qu'elles portaient une tristesse plus poignante[1] que tout ce que je pouvais imaginer.

« Toi et tes cousins, vous auriez dû être transférés dans des corps obtenus par fécondation artificielle avec l'ADN de vos parents respectifs, poursuivit pépé Jo. J'ai d'abord pensé que les techniciens de Soft-Tel avaient eu des difficultés, que les choses allaient bientôt s'arranger, puis, au fur et à mesure que le temps s'écoulait, je me suis dit que nous nous trouvions devant un sacré putain de vrai problème. Et, bien que nul en informatique moléculaire, j'ai interrogé la base de données, j'ai cherché les failles, inlassablement…

– Et tu as trouvé ? »

Il marqua un nouveau temps de pause.

« Je suis parvenu à passer de l'autre côté de l'écran moléculaire. Et, grâce aux caméras intégrées, j'ai enfin vu le monde extérieur…

– Alors ?

– Viens donc juger par toi-même, p'tit Tom. »

Il me sembla l'entendre prononcer une succession sans queue ni tête de tirets, de barres, de points, d'@, de chiffres et de lettres. J'eus une sensation très brève d'éblouissement, de transfert, et mes pixels furent projetés dans une substance à la fois dense et molle.

« Nous baignons dans le plasma de l'écran », me précisa pépé Jo.

Sa voix me paraissait très éloignée, comme filtrée et déformée par les molécules liquides.

« Regarde devant toi, p'tit Tom. Les caméras intégrées sont tes yeux désormais. Elles te montrent l'autre monde. »

1. ***Poignante*** : émouvante.

Je vis d'abord un paysage inondé de lumière, un plateau d'apparence plus sèche encore que les déserts du jeu Sahara®.

«Tu n'es plus dans un de tes satanés jeux, p'tit Tom, mais dans la réalité… »

Je ne saisissais pas la différence entre la réalité dont il me parlait et ma réalité de tous les jours. Pour moi, ce n'était encore qu'un paysage semblable aux milliards de décors offerts par mes logiciels, avec peut-être une définition supérieure dans les teintes et les tracés.

Je vis ensuite approcher des hommes, des femmes et des enfants, nus, peau cuivrée[1], cheveux emmêlés, épaules voûtées, yeux craintifs, lèvres craquelées, dents déchaussées, flancs squelettiques, hanches saillantes. Je pris alors conscience que je contemplais l'autre monde, le monde gangrené[2] par le bogue du temps. Je vis enfin le bloc de pierre que certains d'entre eux étaient en train de sculpter à l'aide de maillets et de pics métalliques. De la matière compacte émergeaient les traits grossiers de l'apparence originelle de pépé Jo.

« La guerre, me dit-il. Elle a sans doute renvoyé l'humanité à l'âge de bronze[3]. Mais l'écran moléculaire a été épargné. Le système est sacrément solide : il peut fonctionner encore pendant mille siècles. Nous devons faire à ces gens l'effet d'apparitions surnaturelles. Ils nous vouent un culte. S'ils prennent le chemin de l'évolution, ils pourront peut-être nous ramener chez nous dans deux mille ans, trois, dix… Ou peut-être jamais.»

Sa voix était tellement ténue que j'avais l'impression de capter par mégarde ses pensées échappées.

---

1. ***Cuivrée*** : bronzée.

2. ***Gangrené*** : détérioré, pourri.

3. L'âge du bronze est une période de la proto-histoire allant du XIXe au VIIIe siècle avant J.-C. environ. Il est appelé ainsi parce que les hommes de l'époque étaient capables de fabriquer le bronze, un alliage de cuivre et d'étain. Il suit l'âge de la pierre et l'âge du cuivre et précède l'âge du fer.

«Nous n'avons même pas la possibilité de mettre fin à nos jours. Nous n'avons pas de corps. Nous sommes increvables, p'tit Tom, condamnés à vivre à perpétuité. Des illusions de dieux…»

Je délaisse mes jeux pour venir chaque jour, avec ou sans pépé Jo, observer les hommes réels. Ils progressent avec une lenteur désespérante. En dehors des cérémonies de naissance, de mariage et de décès, ils se contentent de chasser, de manger, d'uriner, de déféquer, de se laver, de copuler[1], de dormir, de se battre et de sculpter. Je comprends maintenant le sens de tous ces concepts, je comprends les gestes obscènes de Julie, je partage le désespoir de grand-papa et de grand-maman, j'approuve les tentatives éperdues de tante Marthe et d'oncle Stan de célébrer leurs amours impossibles, je maudis papa et maman de nous avoir fourrés dans ce pétrin… J'ai beau avoir été conçu dans le domaine, je sais d'où me vient le manque qui me ronge, j'aspire à[2] passer dans le vrai monde.

À naître, à recevoir un corps. À vieillir. À mourir.

Les hommes réels ont entamé une deuxième sculpture depuis peu. Elle représente, je crois, un Tarzan à la bouche béante[3] et au regard d'une tristesse bouleversante.

---

1. ***Copuler*** : s'accoupler.
2. ***J'aspire à*** : je désire.
3. ***Béante*** : grande ouverte.

Ma main à couper

Si quelqu'un m'avait dit qu'un jour je jouerais ma chienne de vie dans la ville de Rezé[1], je l'aurais sans doute pris pour l'un de ces voyants à la petite sauvette qui prolifèrent comme des rats sur les trottoirs des satellites franciliens[2] (une nouvelle directive ministérielle a frappé d'interdit le mot «banlieue»). Avant cette nuit fatidique, j'aurais été incapable de situer Rezé sur une carte. La première fois que j'ai entendu prononcer ce nom, j'ai cru qu'il s'agissait d'une sphère biologique sur Mars, le nouvel Eldorado (j'avais probablement confondu avec Zœré, la première biosphère fondée sur la colonie rouge). Aussi, quand Joa, ma compagne, m'a parlé d'un petit boulot à Rezé – «une seule nuit, m'a-t-elle susurré sur l'oreiller, c'est super bien payé, on a vraiment besoin de fric» –, je me suis d'abord demandé si elle n'avait définitivement fondu les plombs puis, comme elle insistait, j'ai glissé la main dans le lecteur mural, prononcé mon mot de passe et consulté l'atlas du réseau.

1. ***Rezé*** : commune de Loire-Atlantique proche de Nantes et de Boussay.
2. ***Franciliens*** : d'Île-de-France.

Pour un euro j'ai appris que Rezé était une ville de la périphérie de Nantes, pour un euro supplémentaire que Nantes était une agglomération des bords de l'Atlantique et qu'un UltraTGV pouvait m'y déposer en moins d'une heure… Deux euros la leçon de géographie, je n'ai pas cherché à creuser le sujet.

«C'est quoi, ce boulot ?» ai-je demandé.

Allongée sur le lit, Joa a continué de feuilleter d'un air pénétré sa revue pour CO, chômeuses offensives. Elle lisait un article intitulé «Garder le moral, la ligne, la forme et son mec après un an de chômage». Elle s'est brusquement retournée et m'a lancé un regard qui a déchiré la pénombre de notre logement, un squat d'un quartier délabré de l'ancienne Marne-la-Vallée.

«J'sais pas exactement, a-t-elle déclaré. Une sorte de jeu de rôle grandeur nature, ils cherchent des figurants. Et ils paient le voyage.»

Ses yeux, si ternes d'habitude, brillaient comme des ampoules nues, un éclat brutal qui m'a fait froid dans le dos. Cela faisait bien longtemps qu'il n'y avait plus de place chez nous pour les sentiments. Nous partagions l'espace, les factures, les emmerdes en tout genre, les poignées d'euros glanés au hasard des boulots précaires, les désirs mécaniques, mais chacun de nous rentrait en lui ses rêves, ses caresses et ses envies d'abandon.

«Par qui t'as eu ce boulot ? ai-je insisté.

– Une copine…

– Payé combien ?

– Appelle le keum, j'ai son codecom sur le frigo.»

Le mec en question m'a fixé rendez-vous le lendemain matin à Nantes, près de la nouvelle gare UltraTGV de l'île Beaulieu. Comme il est resté très évasif, j'aurais sans doute refusé sa proposition s'il n'avait eu la bonne idée de m'expédier un billet aller-retour par le courrier de la NCFF (Nouveaux Chemins de fer français). Cette nuit-là, Joa m'a embrassé, cajolé, aimé comme aux premiers temps de notre rencontre. J'ai bien décelé du désespoir dans ses griffures, dans ses morsures, dans ses soupirs, mais j'étais loin de me douter qu'elle me donnait le baiser de la trahison[1].

Mon «employeur» m'a détaillé de la tête aux pieds avec l'expression d'un organisateur de combats de chiens jaugeant une nouvelle race de pitbulls transgéniques. Il avait l'élégance à la fois neutre et rassurante d'un cadre supérieur[2], avec ce qu'il faut de rides, de bronzage et de dents blanches pour plaire aux femmes en quête d'un deuxième père. De son vaste bureau lumineux d'un immeuble de l'île Beaulieu, on avait une vue imprenable sur la Loire et l'agglomération nantaise. Il a sorti une liasse de billets d'une serviette en cuir et l'a posée sur la table en me fixant d'un air provocateur.

«Vingt mille euros, a-t-il dit avec une étrange douceur dans la voix. Ils sont à vous si vous acceptez le job.»

J'ai dégluti, mes pensées se sont entrechoquées comme des boules de billard, j'ai ébauché des dizaines de projets, puis je me suis souvenu de cette fable, *La Laitière et le Pot au lait*[3], et je suis redescendu sur terre aussi sec.

«C'est quoi, ce job ?»

Il a marqué, avant de répondre, un long temps de silence qui a déclenché une petite sonnette d'alarme dans un coin de ma tête. «Très simple, a-t-il fini par répondre. On vous remet les vingt mille euros et on vous lâche la nuit prochaine dans un quartier de Rezé. Si vous réussissez à passer la nuit, vous gardez votre fric.»

J'ai eu besoin d'une bonne minute pour laisser à ses paroles le temps de resurgir à la surface de mon cerveau.

«Comment ça, si je réussis à passer la nuit ?

---

1. Allusion à Judas qui trahit Jésus en l'embrassant pour le dénoncer à ceux qui le recherchaient.

2. ***Cadre supérieur*** : haut responsable.

3. Fable de La Fontaine où une laitière imagine tout ce qu'elle va pouvoir acheter une fois qu'elle aura vendu son lait à la ville. Mais son pot de lait se brise et tous ses rêves partent en fumée.

– Je représente une compagnie internationale qui organise des jeux de rôle à caractère réaliste, a-t-il expliqué en se carrant dans son fauteuil en cuir. Notre produit phare, c'est la chasse à l'homme en environnement urbain. »

La colère m'a embrasé comme un arbre frappé par la foudre, le feu s'est propagé jusqu'au bout de mes ongles. J'aurais voulu l'ensevelir sous les injures, lui et son costard déstructuré, lui et son sourire de requin, lui et son aplomb de maquereau[1]. Je suis resté incapable de proférer le moindre son, tremblant de tous mes membres, suffoqué par l'indignation.

« Ils seront quatre, armés de fusils à deux coups, a-t-il poursuivi, impavide. La partie commence à minuit et se termine à cinq heures. On vous lâche sur le secteur à onze heures et demie. Vous gagnez, vous disparaissez dans la nature avec votre prime ; vous perdez… »

Je me demande encore pourquoi je ne lui ai pas balancé mon poing dans la gueule. Peut-être l'idée était-elle déjà en train de se frayer un chemin dans ma tête ? Peut-être ai-je admis à cet instant que ma vie ne valait guère plus que vingt mille euros ?

« Je veux une réponse avant ce soir dix-sept heures, a repris mon "employeur". D'ici là, vous avez tout le temps de visiter Rezé. L'expérience montre qu'un gibier qui connaît son territoire augmente ses chances d'échapper à ses prédateurs. »

Il parlait en type sûr de son fait, il semblait n'avoir aucun doute sur ma décision, il y avait quelque chose d'inéluctable dans sa façon de sceller mon destin.

« Et si je refuse ? » ai-je bredouillé.

Il a levé les bras au ciel et lâché un rire presque enfantin.

« Rassurez-vous, je ne vous demanderai pas de me rembourser l'UltraTGV !

– Rezé, c'est grand, non ? »

1. ***Maquereau*** : proxénète (terme argotique).

J'avais déjà la fièvre du joueur, la liasse sur le bureau attirait mon regard comme un aimant.

« Environ cinquante mille habitants. Mais la règle m'interdit de vous préciser votre secteur.

– La municipalité, la population acceptent que vous… »

Il m'a coupé d'un geste péremptoire.

« C'est notre problème.

– Pourquoi moi ?

– Vous correspondez au profil, vous êtes venu au rendez-vous.

– Et votre compagnie, elle gagne combien dans l'affaire ?

– Un bon contrat est un contrat qui satisfait l'ensemble des parties. Votre réponse avant dix-sept heures. »

Il s'est levé pour me signifier que l'entretien était clos. Une fraction de seconde, j'ai eu l'idée de rafler les billets et de courir droit devant moi, mais un balèze est entré dans le bureau, le genre de gorille à qui il vaut mieux éviter de chercher des poux dans la tête, et m'a raccompagné jusqu'à la sortie.

Au lieu de prendre le premier train pour l'Île-de-France, comme ma raison me le dictait, j'ai sauté dans le premier tramway pour Rezé. Sur les conseils d'un contrôleur, je suis descendu à la station Pont-Rousseau et j'ai commencé à explorer la ville. Le temps était malade, un soleil voilé dispensait une chaleur étouffante, la moiteur me plaquait les cheveux sur les tempes et la chemise dans les reins. J'allais sur mes vingt-deux ans et je n'étais encore jamais sorti de la jungle de l'Île-de-France, aussi ai-je eu l'impression de débarquer dans une zone frappée de la maladie du sommeil[1]. J'avais constaté, par la fenêtre de l'UltraTGV, que la lèpre urbaine avait gangrené Nantes, que les nœuds autoroutiers et les nouvelles barres d'immeubles étouffaient peu à peu l'agglomération comme un odieux python de

1. ***Maladie du sommeil*** : maladie courante dans certaines régions d'Afrique et transmise par la piqûre de la mouche tsé-tsé. Elle provoque notamment des assoupissements et peut s'avérer mortelle.

béton, mais, une fois passée la Loire, on pénétrait dans un autre monde ; un monde de rues tranquilles et de maisons basses ; un monde à qui les tuiles rouges et les fleurs aux balcons donnaient un air de vacances ; un monde où le temps s'était figé. Bien sûr j'ai aperçu quelques bâtiments reliés par des passerelles qui planaient au-dessus des toits comme de grands vautours, j'ai su que des tours ou des pyramides s'élèveraient bientôt au-dessus des pavillons éventrés, mais la frénésie[1] architecturale qui s'était emparée de la France au sortir de la grande guerre des Balkans avait pour l'instant épargné le satellite nantais. Il y flottait un doux parfum de XXe siècle, le même qu'on humait dans les vieux films diffusés sur le réseau.

Je me suis rendu dans le quartier de l'hôtel de ville où j'ai récupéré un plan de papier glacé. J'ai laissé tomber le site gallo-romain et le château. Même si, par le jeu des mélanges, je porte un nom français, je ne me sens pas concerné par l'histoire de France. Mes arrière-grands-parents sont venus d'un autre continent, d'Afrique du Nord plus précisément, mais là-bas non plus je n'ai ni passé ni avenir. Mes parents sont morts, et mon prénom, Azem, est de nulle part. J'ai contemplé d'un œil distrait la Cité radieuse, un bloc sur pilotis qu'on présente comme l'œuvre d'un génie de l'architecture, Le Corbusier. Ça m'a juste rappelé la Cité de l'Espoir, le satellite de Noisy-le-Grand[2], un gigantesque troupeau de cubes gouvernés par les trafics et dans lesquels les habitants n'ont rien d'autre à foutre que de proliférer comme des mouches.

À chaque instant je me demandais dans quel quartier se déroulerait le jeu proposé par mon employeur. Pas dans la ville même en tout cas, sûrement dans un espace clos, désert. Je n'avais toujours pas l'intention d'y participer, mais je faisais comme si, au cas où… Je m'imaginais déjouant les manœuvres

---

1. *Frénésie* : folie.
2. *Noisy-le-Grand* : commune d'Ile-de-France.

de quatre dingues armés de fusils. Rien à voir avec les rigolades virtuelles du réseau. Les vingt mille euros me trottaient dans la tête et ma résolution mollissait. Au bout d'un moment j'ai oublié le plan, j'ai erré au hasard dans les rues, je suis passé devant une vraie ferme avec un champ et des vaches, je suis resté une heure à les observer. J'étais allé une fois au Salon de l'agriculture, mais une chose est de voir des bêtes enfermées dans des boxes, une autre de les découvrir dans un champ parsemé de fleurs jaunes et planté au beau milieu d'une ville.

J'ai repris mon errance, j'ai traversé une rue Aristide-Briand – qui c'est, ce gazier[1] ? –, je suis entré dans un bar où j'ai acheté un sandwich et un coke – cinq euros, merde, cette virée commençait à me coûter la peau des fesses. Au comptoir et sur les tables, des hommes et des femmes buvaient en silence, le nez plongé dans un verre de vin blanc, le regard perdu dans le vague, incapables de fixer leur attention sur les gros titres du journal déplié devant eux. Chacun son désespoir. Je me suis enfoncé dans l'entrelacs[2] de ruelles bordées de maisonnettes qui descendent vers la Sèvre, je me suis promené dans un parc pas assez sauvage à mon goût, la Morinière il s'appelle, puis je me suis engagé dans une allée de terre qui longeait la rivière. J'ai touché un énorme platane dont le tronc bosselé et l'allure penchée m'ont fait penser à un ancêtre ployé par la sagesse et les ans.

Cinq cents mètres plus loin, au bout de la promenade du Delta, j'ai cru avoir trouvé le secteur évoqué par mon employeur : d'un côté une haie d'arbres plus que centenaires dont les branches basses tombaient dans l'eau comme des cheveux gras ; de l'autre un terrain vague envahi par les herbes et où avait débuté la construction d'un programme intitulé – c'est l'affiche qui le disait – « Front de Sèvre ». Pas d'habitations, un terrain en friche[3], des monticules

---

1. ***Gazier*** : mec.
2. ***L'entrelacs*** : le réseau.
3. ***Terrain en friche*** : terrain vague.

de terre et de pierres, des pans de murs et des escaliers inachevés, des engins de chantier, un terrain idéal pour jouer aux chats et à la souris. L'endroit offrait pas mal de planques, sans compter la rivière, une échappatoire[1] possible au cas où les choses tourneraient mal, et j'ai été bercé par un doux vent d'optimisme : cinq heures à tenir, pas la mer à boire, vingt mille euros au bout, le jeu en valait la chandelle. Aussitôt, une autre partie de moi-même a hurlé que le fric n'a jamais fait le bonheur d'un mort. C'était bien de ça qu'il s'agissait, de quatre cinglés qui auraient payé très cher le droit de me trouer la peau et qui en voudraient pour leur argent. Seigneur, notre monde était tombé bien bas et, moi, je pataugeais dans ses égouts. Je me suis assis au bord de la Sèvre et j'ai laissé mon regard dériver sur le miroir frissonnant de la rivière. La chaleur m'a engourdi, j'ai eu la sensation que tout ce qui me restait de volonté s'étiolait[2] sur le fil de l'eau. Les oiseaux chantaient au-dessus de ma tête, l'odeur de l'herbe me défonçait mieux qu'un pétard, le reste de coca avait un goût prononcé de médicament. Un rire a retenti quelque part sur ma gauche, le rire d'une femme sur le point de s'offrir, un rire gorgé de sève. Je me suis allongé, j'ai fermé les yeux, j'ai revu Joa : elle aussi était gorgée de sève quand je l'avais croisée; la fourmilière démente de l'Île-de-France et ses trente millions de résidents l'avaient vidée de sa vie.

Je me suis réveillé en sursaut. Seize heures, indiquait ma montre. Le voile nuageux s'est subitement déchiré, la rivière a charrié[3] l'or fondu du soleil et l'évidence m'a frappé plus fort qu'un coup de talon au foie. J'ai couru comme un dératé jusqu'à la première borne transcom, place Sarrail. Le cœur battant, le souffle court, j'ai posé le dos de ma main gauche contre le lecteur de borne et j'ai prononcé le codecom de Joa.

---

1. ***Échappatoire*** : issue.
2. ***S'étiolait*** : se défaisait.
3. ***Charrié*** : déversé.

Les grands sous-genres de la science-fiction

Au cours de son histoire, la science-fiction a donné naissance à de nombreux sous-genres. Le *space opera* fut longtemps le sous-genre phare au point de résumer à tort le genre tout entier. Voici d'autres sous-genres pratiqués au cinéma.

✦ Anticipation

L'action du film *Les Fils de l'Homme* (Alfonso Cuarón, 2006) décrit une humanité devenue stérile en 2027. L'affiche, qui rappelle les panneaux publicitaires dans les gares, annonce: « Se soustraire aux tests de fertilité est un crime ». En effet, la seule chance de survie de l'humanité est désormais de mettre fin à cette stérilité qui demeure inexpliquée.

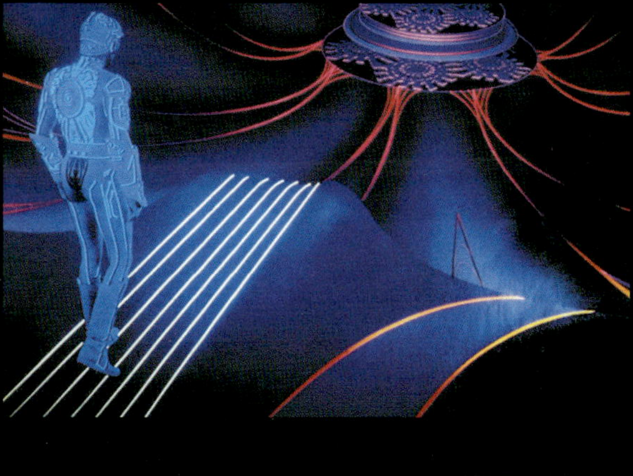

✦ Cyberpunk

Tron (Steven Lisberger, 1982) a été le premier film à utiliser massivement l'imagerie informatique. En effet, il raconte comment un programmeur est projeté à l'intérieur d'un ordinateur. Échec à sa sortie, le film est désormais culte et une suite a été réalisée en 2010.

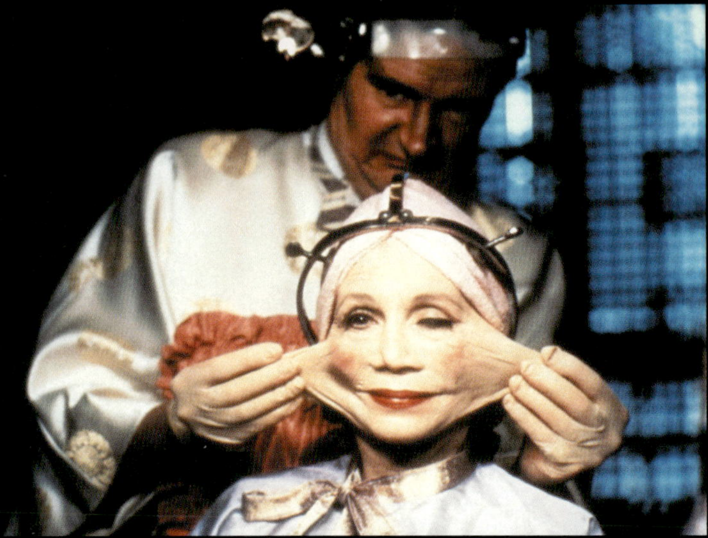

✦ Steampunk

Le monde de *Brazil* (Terry Gilliam, 1985) est un univers noyé par l'administration. C'est d'ailleurs une erreur dans un document qui déclenche l'histoire. On voit ici une opération de chirurgie esthétique où se mêlent le pouvoir de la technologie et la violence barbare dont elle est capable.

✦ Planet opera

Avatar (James Cameron, 2009) est devenu l'un des plus grands succès de l'histoire du cinéma. Il présente la planète Pandora où résident les Na'vis, créatures vivant dans une relation très forte avec leur environnement. On aperçoit ici deux Na'vis ainsi que les plantes bioluminescentes qui caractérisent la faune locale.

✦ Space Opera

2001, l'Odyssée de l'espace (Stanley Kubrick, 1968) raconte le voyage d'un vaisseau spatial vers Jupiter. En effet, un étrange monolithe découvert sur la Lune quelques années auparavant, a émis un signal en direction de cette planète. Ce film est notamment célèbre pour ses longs plans silencieux dans l'espace, faisant preuve d'un réalisme inédit (le son ne se propage pas dans le vide).

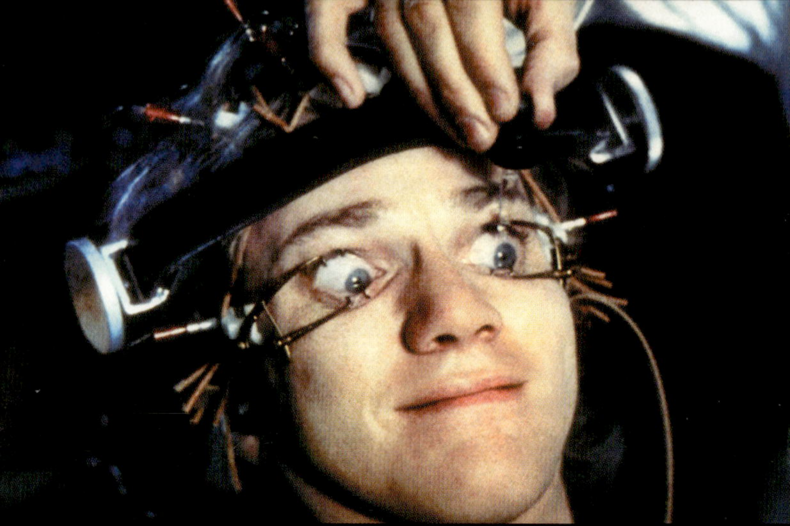

✦ Dystopie

Dans le monde futuriste d'*Orange mécanique* (Stanley Kubrick, 1971), Alex et sa bande s'adonnent à l'utraviolence jusqu'au jour où il est capturé par le gouvernement qui le soumet à un conditionnement par les images (ses yeux sont maintenus ouverts en permanence et on y dépose des gouttes pour éviter qu'ils ne se dessèchent). Mais le traitement laisse Alex sans défense. Il est finalement récupéré par le gouvernement qui compte se servir de lui.

✦ Post-apocalyptique

Un vaisseau spatial atterrit sur une planète où des singes intelligents dominent les humains revenus à l'état sauvage. Cette dernière image de *La Planète des singes* (Franklin J. Schaffner, 1968) est extrêmement célèbre car elle révèle finalement que cette planète n'est autre que la terre, victime d'un cataclysme.

Grands thèmes de la science-fiction

✦ Dictature

Le roman d'Orwell, *1984*, a été adapté en film (Michael Radford, 1984). On voit ici la population rassemblée pour les « Deux Minutes de la Haine ». L'emblème de l'Ingsoc rappelle par ses couleurs, rouge, blanc et noir, celui des nazis. Le visage au centre est celui de Big Brother (voir p. 137).

✦ Génétique

Dans *Bienvenue à Gattaca* (Andrew Niccol, 1997), les individus sont sélectionnés en fonction de leur patrimoine génétique pour accomplir des tâches plus ou moins importantes. L'un des héros, malgré un patrimoine irréprochable, a été victime d'un accident et doit se déplacer en fauteuil roulant. On peut remarquer que la forme de l'escalier évoque la double hélice en spirale de la molécule ADN.

✦ Les mondes virtuels

Dans *Matrix* (Andy et Larry Wachowski, 1999), l'univers virtuel est utilisé pour maintenir les humains dans l'illusion que leur vie est normale. En réalité, les machines ont pris le pouvoir et exploitent la bio-électricité des corps humains.

La même année, *eXistenZ* (David Cronenberg, 1999) a traité de la même problématique, en insistant sur le thème des jeux vidéo. Les joueurs sont reliés par un pod, une console biomécanique, qui se connecte à la colonne vertébrale. Les personnages sont ainsi projetés dans un monde virtuel qui tourne au cauchemar.

Les figures du double

Comme la littérature fantastique, la science-fiction réfléchit souvent sur la nature de l'être humain, notamment en lui proposant des doubles, des miroirs dans lesquels il est invité à contempler un reflet de lui-même. Ces figures peuvent prendre la forme d'animaux intelligents, de monstres fabriqués par l'homme ou encore d'extra-terrestres.

✦ Le singe

Il apparaît non seulement dans *La Planète des singes*, mais aussi dans l'ouverture de *2001, l'Odyssée de l'espace*. Le début du film raconte comme un monolithe extraterrestre développe une forme d'intelligence chez les premiers hominidés. Dans ce passage, en se battant pour un point d'eau, les singes apprennent à se servir des pierres comme armes.

✦ Le monstre

Frankenstein, le roman de Mary Shelley, fut adapté à de nombreuses reprises. Mais c'est la version de James Whale, en 1931, avec Boris Karloff dans le rôle de la créature, qui demeure la plus classique. Le maquillage de l'acteur, qui prenait quatre heures, a influencé toutes les représentations ultérieures du personnage au cinéma.

✦ Le clone

La série des *Alien* se compose de quatre films. Dans le dernier en date, *Alien, la résurrection* (Jean-Pierre Jeunet, 1997), des scientifiques clonent Ellen Ripley pour récupérer l'alien qui se trouvait dans son corps. La séquence la plus forte du film montre Ripley au milieu de ses clones, issus d'expériences ratées.

✦ L'extraterrestre

Le parti-pris de *District 9* (Neill Blomkamp, 2009) a été de présenter les extraterrestres, non comme des conquérants agressifs, mais comme des naufragés. En outre, leur vaisseau tombe en panne au dessus de Johannesburg (Afrique du Sud) et les populations sont parquées dans des ghettos, allusion claire à la période d'Apartheid qu'a connu le pays.

« Tu le savais, hein ? ai-je craché dès que j'ai entendu sa voix ensommeillée.

– Azem ? Mais qu'est-ce que…

– Le job à Rezé. Tu savais que je risquais ma peau. Combien tu as touché pour me vendre à ces types ? Mille, deux mille euros ? »

À cet instant, il m'a semblé discerner une voix masculine tout près de Joa. Si la borne avait été équipée d'un écran, j'aurais sûrement découvert un mec allongé à poil sur mon lit, vautré dans mes draps, sirotant une de mes bières. Elle m'avait remplacé à une vitesse effarante, persuadée que j'accepterais le contrat et que je n'y survivrais pas.

« Salope ! »

C'est tout ce que j'ai trouvé à dire avant de retirer ma main du transcom. Un euro la rupture, elle aurait pu m'épargner ça. Je suis resté planté là, comme un vieux meuble abandonné, jusqu'à seize heures cinquante-cinq. À seize heures cinquante-neuf, j'ai composé le codecom de mon employeur et je me suis entendu dire, comme dans un cauchemar, que j'acceptais le boulot.

Je m'étais planté en beauté. Le terrain de jeu n'était pas la rive de la Sèvre mais la zone industrielle qui bordait la Loire au nord de la ville. Onze heures venaient de sonner, et la nuit se coulait entre les bâtiments bleu et blanc de l'usine Champ… quelque chose, je n'ai jamais eu la patience de lire les enseignes en entier.

« Voici les limites du secteur. » L'index de mon employeur a couru sur la carte électronique affichée sur l'écran de sa bagnole genre grosse berline de luxe. « La Loire au nord, la ligne de chemin de fer au sud. À l'ouest, l'avenue de la Loire et l'avenue De-Lattre-de-Tassigny. À l'est enfin, la place Sarrail, le point de jonction entre le fleuve et le boulevard De-Gaulle.

– Et si je sors des limites ? » ai-je lancé.

Il m'a fixé avec un petit sourire.

« Vous ne pourrez pas sortir des limites. »

J'ai palpé la liasse de billets dans la poche de mon pantalon et j'ai balancé[1] pendant quelques secondes entre frayeur, regrets et excitation. Ce fric, faudrait qu'ils viennent me l'arracher, les quatre tarés.

«Le coin n'est pas habité? ai-je demandé.

– En partie.» Il m'a jeté un regard consterné. «Vous ne l'avez donc pas exploré? Ne comptez pas sur l'aide des habitants. Aucun d'eux ne tient à recevoir une balle perdue.

– Vous connaissez un truc qui s'appelle la conscience?»

Il n'a pas répondu, il a seulement haussé les épaules. J'ai failli lui rendre son blé et filer sans demander mon reste, mais quelque chose m'en a empêché, la part aventureuse qui sommeille dans chaque être humain, je suppose. Lui et son gorille m'ont lâché à onze heures trente à l'entrée du secteur, rue des Abattoirs, ça ne peut pas s'inventer, je n'y ai pas vu un bon présage.

Étrange comme une ville qui paraît si paisible le jour peut virer si menaçante la nuit. Le copieux repas que mon employeur m'avait généreusement offert vers vingt heures me pesait comme une pierre sur l'estomac. J'ai pissé une première fois contre une palissade en béton, mais ma vessie m'a presque aussitôt réclamé une deuxième purge. Bon, ne pas perdre la tête, j'avais encore une demi-heure, non, plus que vingt minutes, pour m'orienter, me dénicher des cachettes, organiser ma survie. D'abord j'ai voulu vérifier que je ne pouvais pas sortir des limites, comme mon employeur me l'avait affirmé. Je suis revenu sur mes pas, je me suis approché de la ligne de chemin de fer qui épouse la quatre-voies, j'ai tenté de la traverser. Une barrière grésillante et bleutée d'une hauteur de dix mètres s'est soudain dressée devant moi, m'a balancé une violente décharge électrique et m'a projeté trois mètres en arrière. La vache! je n'étais pas tombé sur des amateurs. Ils disposaient de moyens gigantesques pour installer et contrôler ce genre de gadget. La peur est revenue me visiter

1. ***Balancé*** : hésité.

en force, mon cœur a rué dans ma poitrine, ma respiration s'est raccourcie. Je me suis demandé si les vingt mille euros n'étaient pas la prime promise au chasseur qui m'abattrait, un remboursement de la mise ou quelque chose d'approchant. Une idée stupide : ces gars-là avaient probablement acheté plus de cent mille euros leur permis de tuer. Et, pour la première fois, j'ai pris conscience que la mort se terrait dans la nuit qui me cernait comme un filet sournois et poisseux. J'ai paniqué, j'ai parcouru la rue des Abattoirs ventre à terre, j'ai escaladé un grillage pourri fermant un terrain vague où se dressait un hangar en tôle. J'ai martelé la porte à coups de pied, la tôle a miaulé comme un chat en rut, le vacarme m'a effrayé, je me suis immobilisé, je suis resté un long moment à l'écoute des bruits. J'ai consulté ma montre, minuit moins dix, bordel, c'est fou ce que le temps vous glisse entre les doigts quand on essaie de le retenir par la queue.

Le vent soufflait une haleine chaude, humide et chargée d'odeurs d'usine. Pas une étoile ne brillait dans l'encre lourde du ciel, les ténèbres gobaient avidement les ombres grises et figées des bâtiments proches. J'ai fermé les yeux et je les ai rouverts en espérant me réveiller dans mon squat de Marne-la-Vallée, avec Joa à mes côtés, emmurée vivante dans ses rêves à quatre centimes. Un animal, un rat peut-être, a jailli des herbes folles quelques mètres plus loin, son couinement m'a ramené à la réalité. Je me suis rendu compte que ma chemise et mon pantalon clairs n'étaient pas le camouflage idéal. Trop tard pour en acheter d'autres. Me restait plus qu'à m'en débarrasser et à m'enduire la peau d'un truc sombre, j'ai vu ça dans les vieux films d'aventures. Je me suis déshabillé, j'ai gardé juste mon caleçon, noir heureusement, ma montre, mes chaussures, des godasses de marche dont Joa m'a souvent vanté la ringardise, et le fric, évidemment, que j'ai glissé dans mon sous-vêtement. L'air a léché ma sueur comme une langue insaisissable. Puis j'ai avisé un bidon où croupissait un liquide puant que j'ai identifié comme de l'huile de vidange. J'ai serré les dents pour ne pas vomir quand j'y ai plongé les mains et que je m'en suis barbouillé le visage, le torse et les membres. Je me suis roulé sur un tas de terre en priant un dieu quelconque de ne pas m'écorcher sur un tesson de bouteille ou une pierre. Je ne crois en rien, mais il y a des nuits comme ça où on se croit autorisé à emprunter les dieux d'autrui.

Minuit ! ont hurlé les chiffres lumineux de ma montre, les fauves sont lâchés, une putain d'envie de vivre m'a ébranlé[1], à m'en donner la nausée. J'ai encore essayé de m'introduire dans le hangar, mais la porte, brinquebalante pourtant, a refusé de s'ouvrir. Je n'ai pas insisté, j'ai attendu comme un rongeur paralysé par un serpent, le système nerveux débranché. Et j'ai entendu un rire puis des pas, puis encore des éclats de voix. Pas discrets, mes tueurs. J'ai compris qu'ils voulaient me faire réagir, comme ces chasseurs du XXe siècle qui effrayaient volontairement le gibier pour donner un peu de piment au carnage. J'ai jeté mes fringues dans le bidon, j'ai contourné le hangar, je me suis retrouvé devant un autre grillage mangé par les ronces et que j'ai escaladé le plus discrètement possible. Je me suis écorché le bras à une saillie métallique ou à une branche d'épines, j'ai étouffé un gémissement. Je les ai entendus ricaner et prononcer quelques mots en anglais. J'avais vraiment été embauché par une compagnie internationale. J'ai sauté dans une autre cour, vide celle-là, je l'ai traversée au triple galop, les herbes folles me fouettaient les jambes, les orties me harcelaient les mollets comme des chiens enragés. Une brèche s'ouvrait dans le mur d'en face, je m'y suis faufilé. Mes poumons réclamaient déjà de l'air, je n'ai pas l'habitude de courir – vous avez le profil, m'avait dit mon employeur, on trouve des recruteurs plus futés.

J'ai failli me cogner le nez sur une nouvelle grille avalée par l'obscurité. Je n'ai pas cherché d'autre issue, je l'ai franchie dans un style chaotique. De l'autre côté, j'ai repris contact avec le béton d'une cour d'usine où flottait une âpre odeur de savon,

1. ***Ébranlé*** : secoué.

de détergent. J'ai fait ce que font tous les animaux traqués, j'ai voulu m'introduire dans un bâtiment, mettre un toit et des murs entre les chasseurs et moi. Mais les portes étaient closes, et même bouclées pour certaines avec de grosses chaînes et des cadenas à faire frémir tous les voleurs de bécanes de l'Île-de-France. L'huile et la sueur me dégoulinaient dans les yeux. J'ai dû essuyer le cadran de ma montre sur mon caleçon pour lire l'heure : minuit dix, le temps se gelait, je n'ai jamais pigé les théories d'Einstein, mais j'avais une assez bonne définition de la relativité. En tout cas, ma pauvre vie m'apparaissait maintenant comme un présent inestimable. Si je m'en sors, plus question de la brader, même pour un milliard d'euros.

Si je m'en sors…

Il a fallu que je m'arrête pour reprendre mon souffle et dissiper le point de côté qui me clouait le bas-ventre. Des éclairs silencieux ont dansé au-dessus des nuages et jeté leurs éclats livides sur les tôles ondulées de l'usine. Un vent violent se levait et, avec lui, un concert de craquements, de grincements. Un cliquetis a retenti non loin, le bruit caractéristique d'un fusil qu'on arme. Ils m'avaient retrouvé avec une facilité déconcertante, ils n'avaient pas de chiens pourtant. Je me suis élancé dans la direction opposée, j'ai dépassé l'angle d'un grand bâtiment, j'ai vu, dix mètres plus loin, une silhouette grise qui se découpait sur le fond des ténèbres. Les enfoirés, ils m'avaient encerclé. Le type a levé son fusil, des tonnes de glace me sont tombées dessus. J'ai eu le réflexe de me jeter sur le côté juste avant le coup de feu. Le canon a craché une langue étincelante, la balle a ricoché sur le béton et est allée se perdre en miaulant dans les profondeurs de la nuit. Le tueur a tiré une deuxième balle qui a sifflé au-dessus de ma tête. Aujourd'hui, quand j'y repense, je suis persuadé qu'il m'a raté volontairement, qu'il voulait prolonger le jeu jusqu'à l'aube, comme ces taureaux qu'on larde, qu'on pique, qu'on fatigue, qu'on berne avant de leur donner le coup de grâce dans les arènes du Sud. Je lui ai foncé dessus pendant qu'il rechargeait, je l'ai percuté de l'épaule, il a valdingué sur le bitume en poussant un juron, j'ai repris ma course folle.

Le jeu s'est prolongé pendant trois heures. Je les semais, ils me rattrapaient, ils variaient les approches, tantôt groupées, tantôt isolées, tantôt concertées, ils me débusquaient, je détalais en louvoyant, les coups de feu claquaient, les balles me frôlaient, ils me manquaient, ils riaient, ils buvaient – un moment, mon pied a roulé sur une canette de bière –, ils prenaient leur temps, les sadiques, ils brûlaient ma vie à petit feu. À plusieurs reprises, j'ai franchi sans le vouloir les limites, la barrière électrique a jailli des profondeurs du néant et m'a repoussé à l'intérieur du secteur. J'étais épuisé, et déjà j'admettais l'idée de ma mort. J'imagine que, dans l'arène, le taureau exténué accueille l'estocade comme un baiser de paix. J'escaladais des murs, des grilles, des toits, des haies, je traversais des cours, des terrains vagues, je revenais sur mes pas, je tournais en rond comme un fauve dans un zoo. Je ne pensais plus, j'étais une marionnette agitée par les réflexes, par la peur, par ce manipulateur automatique qu'on appelle l'instinct de survie.

L'orage a éclaté, m'offrant un répit. Des éclairs longs, puissants, ont sabré le ciel, des coups de tonnerre ont ébranlé le sol, un vent tourbillonnant s'est acharné sur les arbres, sur les tôles, des trombes ont dégringolé comme des cataractes[1]. Je me suis abrité dans une petite cabane de tôle devant un entrepôt, une ancienne niche à chien comme me l'a suggéré l'odeur. Un refuge dérisoire au regard de la colère des cieux. Je ne savais pas où étaient passés mes tueurs. Ils avaient payé au prix fort le droit de m'abattre, mais ils n'étaient pas fous au point d'affronter la pluie torrentielle qui transformait le bitume en peau de poulet.

J'ai commencé à cailler mais la pluie m'a bercé, m'a rassuré, m'a rendu à mes pensées. Mon regard est tombé sur ma main gauche, là où on m'a greffé à la naissance ma puce biologique. Il sert à tout, ce microcerveau en ADN de synthèse : identité, carnet

1. ***Cataractes*** : cascades.

de santé, transactions bancaires, achats, transcom, codecom, voyages aériens et spatiaux, permis de conduire, lien avec les réseaux… Les bergers ont marqué leurs troupeaux.

J'ai soudain compris pourquoi les quatre tarés me retrouvaient aussi facilement, pourquoi la barrière se dressait à chaque fois que j'essayais de franchir les limites. Ma puce biologique. Cette vipère de Joa leur avait fourni mon numéro d'accès à ma fréquence confidentielle, elle me l'avait demandé quelques jours avant de me parler de Rezé, «juste pour comparer avec le mien», avait-elle fredonné avec son air de ne pas y toucher. Ils me pistaient via le réseau des satellites, ils avaient branché leurs propres puces et leur saloperie de clôture sur ma fréquence. Ils ne se pressaient pas tout simplement parce qu'ils captaient le moindre de mes déplacements, qu'ils jouissaient de ma trouille, de ma douleur, de mes soubresauts dérisoires. Les dés étaient pipés, le gibier était programmé pour perdre, mon employeur avait un sens particulier de l'égalité des chances.

Un reportage animalier m'est revenu en mémoire, un loup blanc pris au piège : il se ronge la patte broyée par les mâchoires métalliques, le sang marbre ses babines et son pelage magnifique, il ne profère pas une plainte lorsque l'os cède, il s'éloigne en boitant sur la neige.

Me couper la main, effacer ma trace…

Je me suis révolté contre cette idée, personne n'accepte la mutilation d'un cœur léger. Si je voulais rester en vie, je n'avais pas le choix. J'ai contemplé ma main souillée par l'huile, la terre et la rouille des grilles. La main du piège. J'ai effleuré les billets au travers de mon caleçon. Le fric pourrait me payer une greffe, les biotechnologistes savent maintenant reconstituer n'importe quelle partie du corps humain avec l'ADN. Un service réservé aux nouveaux riches, mais vingt mille euros suffiraient peut-être… J'ai pris ma décision et je me suis levé, indifférent à l'orage. J'avais besoin d'une lame, propre de préférence. J'ai marché comme un somnambule, j'ai vu le panneau de Haute-Île, bizarre, je ne l'avais pas remarqué jusqu'à présent. Je suis entré dans un petit village où les maisons s'imbriquaient les unes dans les autres, où les terrasses et les verrières s'enchâssaient dans les toits, dans les courettes. J'aurais aimé habiter un tel endroit, il m'a semblé qu'ici on pouvait prendre le temps de se rencontrer, de se découvrir. Je suis arrivé au bord du large sillon noir de la Loire, labouré par la pluie. Un éclair blême a révélé des bateaux et des barques de carte postale, un pont de fer sur la droite et, sur l'autre rive, une ligne sinistre d'entrepôts rouillés, de quais soutenus par des piliers. Un deuxième éclair, plus court, a illuminé plus loin deux bâtiments surélevés et une haute cheminée bleu et blanc. Je me suis avancé jusqu'à la grève de terre – le quai de l'échouage, ai-je lu machinalement sur un panonceau défoncé. L'odeur de vase et de poisson pourri m'a remué les tripes. Je me suis retourné et j'ai observé les maisons, toutes plongées dans l'obscurité. La pluie me lavait de mes souillures, l'orage s'éloignait. La certitude s'est ancrée en moi que les quatre tarés s'étaient remis en chasse, et, à nouveau, la peur m'a submergé. Je ne suis pas un loup, je n'ai pas de crocs pour me ronger le poignet. Ils approchaient pourtant, je le sentais dans ma chair, la pluie les avait dégrisés[1], ils voulaient conclure la partie, cette fois ils ne me rateraient pas.

J'ai foncé vers les maisons et j'ai tambouriné sur une porte. Personne ne m'a répondu. Le vent mollissant a colporté les voix des tarés, des voix fortes, dures, des grognements de prédateurs qui s'excitent avant la curée[2]. Ils seraient sur moi dans vingt secondes, peut-être trente.

Et puis je l'ai aperçue derrière les voilages d'une baie, juste au-dessus de moi. La silhouette fantomatique d'une femme. Blonde sans doute, car, même si je ne crois pas aux contes, elle m'a fait penser à une fée. Elle a écarté les voilages et m'a regardé à travers la vitre. Je l'ai implorée des yeux, de mes yeux de loup battu.

---

1. ***Dégrisés*** : dessoûlés.
2. ***La curée*** : le coup de grâce (la curée est la partie du gibier que l'on donne aux chiens de chasse).

Elle a ouvert la baie[1], s'est avancée d'un pas sur le balcon, m'a désigné du doigt l'escalier tournant caché par une haie de lauriers. J'ai grimpé quatre à quatre la volée de marches. Quand j'ai surgi sur le balcon, ses yeux déjà immenses se sont agrandis encore plus. Faut dire qu'un type quasiment nu et couvert d'huile, de terre, de pluie et de sueur qui débarque en pleine nuit dans l'existence d'une femme ne lui fait pas spontanément penser au prince charmant.

« J'ai besoin d'un couteau, ai-je haleté. Vite. »

Elle s'est effacée pour m'inviter à entrer. J'ai lancé un coup d'œil sur la ruelle pour tenter d'apercevoir mes poursuivants, mais la nuit restait hermétique. Je suis entré dans une pièce qui était sans doute un salon, j'ai entrevu un canapé et l'œil vitreux d'une antique télé.

« Pour quoi faire ? m'a-t-elle demandé.

– Je suis pourchassé par quatre types, ai-je articulé rapidement. Ils me pistent grâce à ma puce biologique. Si je veux les semer, faut que je me coupe la main. »

Elle a eu une réaction étrange, elle a hoché la tête, elle s'est éclipsée, elle est revenue quelques secondes plus tard avec un énorme tranchoir. Ou cette femme avait un sang-froid peu commun, ou elle était complètement déjantée.

« Par ici », a-t-elle chuchoté.

Je l'ai suivie dans la cuisine, une petite pièce éclairée par deux appliques. Sa jeunesse m'a surpris. Sa beauté aussi. Son corps blanc se devinait à contre-jour sous le tissu de sa longue chemise de coton. Elle n'avait sans doute pas trente ans, et son visage, encadré de longs cheveux clairs, avait la pureté d'une icône. Elle a posé une planche à découper la viande sur la table.

« Vous savez faire un garrot ? » ai-je demandé.

Elle a acquiescé d'un mouvement de menton.

---

1. ***Baie*** : fenêtre.

« Comme ma biopuce continuera d'émettre, il faudra jeter ma main le plus loin possible, sinon les tueurs débouleront chez vous, d'accord ? »

Elle a opiné, pas contrariante. C'était comme si elle avait toujours attendu ma visite, comme si elle participait au jeu. Je lui ai pris le tranchoir, je me suis assis, j'ai posé ma main à plat sur la planche, les doigts écartés, j'ai arraché ma montre, levé la lame, maîtrisé tant bien que mal mes tremblements, visé le poignet, hésité.... J'ai abattu le tranchoir de toutes mes forces. Je n'ai pas senti grand-chose et, comme le loup, je n'ai pas poussé un cri. Puis, quand j'ai vu le sang jaillir à gros bouillons de mon avant-bras sectionné, quand j'ai vu ma main abandonnée sur la table comme une étoile de mer desséchée, je me suis évanoui, je ne suis pas un loup.

J'ai rouvert les yeux. Les premières lueurs de l'aube se glissaient en obliques pâles par les vitres de la fenêtre. J'ai eu besoin d'un long moment pour émerger, pour me relier à mes souvenirs. J'étais allongé sur un lit, dans une petite chambre, la douleur qui partait de mon avant-bras me dévorait jusqu'à l'épaule. J'avais l'impression d'avoir toujours ma main, c'est ce que ressentent, paraît-il, tous les pauvres bougres qu'on vient d'amputer. Un énorme bandage taché de sang me recouvrait le poignet. La fraîcheur des draps m'enveloppait comme un baume apaisant. Quelqu'un m'avait lavé, retiré mes chaussures, mon caleçon… et mes vingt mille euros.

La porte s'est ouverte et a livré passage à la femme. Elle s'appelle Marie[1]. Je ne suis pas chrétien, mais le nom de Marie fleure bon la compassion. Elle s'est assise sur le bord du lit et son odeur m'a envoûté. Elle m'a expliqué d'une voix douce qu'elle m'avait noué un bandage de fortune autour du poignet avant de glisser ma main coupée dans un sac en plastique. Elle avait

1. ***Marie*** : nom de la mère de Jésus.

ensuite baladé les quatre tarés par une succession d'escaliers, de toits et de terrasses, puis elle avait jeté ma main dans la Loire, était revenue chez elle par un autre chemin et m'avait posé un garrot. Enfin elle avait contacté un ami toubib qui s'était déplacé en pleine nuit et m'avait anesthésié pour cautériser mes plaies[1].

«Quand ta main a touché l'eau, ça a fait une grande lumière bleue, a-t-elle ajouté. J'ai entendu les tueurs en revenant. Il y en a un qui parlait anglais avec un accent allemand ou russe. Ils ont cru que tu t'étais noyé.»

Elle ne m'a jamais posé de question sur cette histoire. Un jour peut-être je la lui raconterai. Elle m'a recueilli comme un chien sans collier, et c'est ce que je suis, un homme sans puce, un fantôme pour le reste du monde civilisé. J'ai rejoint les rangs des millions de miséreux qu'on n'a pas pu marquer dans certains pays en voie de développement. Je ne m'en porte pas plus mal d'ailleurs. Marie a été déçue par la vie, par les hommes, mais elle a encore beaucoup d'amour à déverser, et moi beaucoup à recevoir. Quand je déborderai, je lui rendrai au centuple ce qu'elle m'a donné. Elle dit souvent en riant qu'elle m'aime comme je suis, avec une main en moins, que je devrais oublier ce projet de greffe. Mais j'ai le ferme espoir qu'un jour je pourrai pétrir[2] ses deux seins en même temps. Elle parle de vendre sa maison de la Haute-Île, un héritage de ses grands-parents, et de m'emmener sur Mars, où tous les rêves sont permis. En attendant, je me sens bien à Rezé. Lorsqu'elle part au travail – vous ai-je dit qu'elle est infirmière ? le destin parfois vous embrasse à pleine bouche –, je m'occupe de la maison, je cuisine, je bricole, je renais à la vie. Ailleurs sans doute, d'autres paumés dans mon genre se trémoussent pour une poignée d'euros devant les fusils d'autres tarés en mal de sensations. Je vais souvent m'asseoir au bord de la Loire ; son cours tantôt paisible, tantôt chagrin, finira bien par emporter mes larmes.

1. ***Cautériser mes plaies*** : refermer mes plaies en les brûlant à l'aide d'un instrument pointu chauffé au rouge.
2. ***Pétrir*** : presser, malaxer.

Les frères du G5

Les voiles d'écume s'évanouissaient régulièrement sur la grève, abandonnant à leur sort les carcasses pourrissantes des bateaux piégés par la vase. De l'océan Atlantique, réputé pour ses colères meurtrières, je n'apercevais qu'une masse lointaine et ondulante aussi noire que le ciel.

Je me suis assis sur le parapet de la digue, j'ai plongé la main dans la poche de ma veste et j'ai touché, au travers de la doublure, la crosse de mon furtif[1]. Elle m'avait coûté sept ans de travail, cette minuscule arme de poing fabriquée sur la colonie martienne, mais le frère du G5 qui me l'avait remise ne m'avait pas menti : je n'avais rencontré aucune difficulté à franchir les détecteurs des portes d'embarquement et de débarquement. Si j'avais voulu, j'aurais pu détourner la navette TLC (très long courrier) ou encore l'écraser contre un bâtiment symbolique, comme le font de temps à autre les enragés d'Indépendance martienne. Mais je ne m'étais pas lancé dans cet interminable

1. ***Furtif*** : ici, désigne une arme de poing.

voyage pour attiser[1] les tensions entre la Terre et sa colonie. Ni pour attirer l'attention sur ma modeste personne.

J'étais venu tuer un homme.

Et poursuivre la grande œuvre de reconquête entreprise trente ans plus tôt par les frères du G5.

Mon horloge biologique indiquait dix-huit heures locales. Si mes renseignements étaient exacts, je débusquerais mon gibier dans un antique gymnase de la butte Sainte-Anne, juste à côté de l'église du même nom. Je n'aurais ensuite qu'à le suivre jusqu'à son domicile, m'introduire chez lui, l'éliminer, effacer de lui toute trace et me glisser dans sa vie jusqu'à la Révélation finale.

Les reliefs d'un large sillon se devinaient sous la boue luisante de la grève. L'ancien lit de la Loire. D'après ma base de données, l'océan avait recouvert les quarante ou cinquante kilomètres de l'estuaire dans les années 2030, non pas de façon progressive, comme annoncé par les experts, mais en une seule nuit. Un coup de griffe fulgurant, implacable. Entre onze heures du soir et quatre heures du matin, un linceul silencieux et froid avait englouti des milliers de Terriens. Des millions, devrais-je dire, car le phénomène s'était produit sur une grande partie du littoral atlantique du continent européen.

J'ai observé un petit moment le nuage instable et bruissant des mouettes. La digue, d'une centaine de mètres de hauteur, se perdait dans les brumes scintillantes. Le Mur de l'Atlantique suffisait pour l'instant à contenir les poussées de l'océan, mais, à en juger par les marques sombres laissées par les marées sur les énormes blocs de granit gris, il finirait tôt ou tard par être submergé.

La ville de Nantes ne ressemblait plus vraiment à la photo que j'avais découpée dans une antique encyclopédie papier. La plupart des toits d'ardoise avaient été remplacés par les dômes arrondis et transparents. Les Terriens ignoraient que ce style, le

---

1 ***Attiser*** : exciter.

SpaceOp des brochures touristiques, était un vestige des bulles de colonisation martienne. De la Nantes originelle ne subsistaient[1] que les flèches des églises, les minarets des mosquées et les taches éparses et rouges des dernières couvertures de tuiles. Le tracé des rues également, bien que l'usage de l'automobile, encore en vigueur sur Mars, eût été abandonné sur Terre une cinquantaine d'années plus tôt. Les trottoirs roulants, les ascenseurs transparents, les aérobus[2] se posant comme de gros insectes sur les quais suspendus exécutaient un ballet déroutant, fascinant. Un puits de lumière se dressait à l'emplacement de ce qui avait été autrefois la tour de Bretagne et se jetait dans le plafond tumultueux des nuages.

« Salut, mec ! »

J'ai tressailli[3] et aussitôt pris conscience de mon imprudence. Mes doigts se sont crispés sur la crosse du furtif. J'ai fixé l'homme qui venait de m'interpeller, un gaillard de plus de deux mètres, sans âge. À la différence de la grande majorité des Terriens, il se présentait crâne nu et visage découvert – peut-être estimait-il que le filtre des nuages suffisait à protéger sa peau. La couche d'ozone de la Terre ressemble à un voile de dentelle fatigué, lacéré, et, contrairement à leurs promesses électorales, les représentants de la Fédération des Trois Continents n'ont jamais trouvé le moyen d'en réparer les déchirures. L'atmosphère martienne passait au début pour un véritable enfer, elle est désormais plus saine que celle de la Vieille Bleue[4] – une réalité que le gouvernement terrien répugne à reconnaître.

« Salut. »

Ses yeux acier semblaient me traquer jusqu'au fond des gènes. Je l'ai identifié malgré son visage creusé et ses cheveux grisonnants. Le dénommé Alban Le Cloarec, surnommé Grizzli.

---

1. *Subsistaient* : restaient, demeuraient.
2. Néologisme formé à partir du préfixe « aéro » (de l'air, aérien) et du mot « bus ».
3. *Tressailli* : sursauté.
4. *Vieille Bleue* : expression qui désigne la Terre.

«T'as pas l'air dans ton assiette, vieux», a-t-il ajouté.

Je me suis levé, à la fois pour me détendre et me ménager un temps de réflexion.

«Toi, en revanche, tu parais en pleine forme!»

Un sourire carnassier a donné à son visage un air fugace de marstif, le molosse le plus féroce et le plus répandu dans les plantations de la colonie rouge.

«Tu t'en rendras compte tout à l'heure, au basket...»

J'ai hoché la tête. Il a tourné les talons et s'est éloigné d'une démarche de plantigrade[1]. J'ai attendu qu'il disparaisse à l'angle de la première bâtisse pour rabattre la gaze[2] de mon chapeau sur mon nez et ma bouche. J'avais commis l'erreur de la relever pour respirer sans entrave les effluves salins[3] de l'Atlantique. Elle ne servait pas seulement à me prémunir[4] des rayons du soleil, mais surtout à préserver mon anonymat. Je me suis demandé si mes rudiments de basket-ball, un sport en vogue sur Mars, suffiraient à donner le change à mes futurs partenaires.

Les piétons se pressaient maintenant en grand nombre le long du parapet et dans les ruelles environnantes. Ils ne sortaient pas du travail; parce qu'on ne travaillait plus beaucoup sur Terre, ils attendaient le coucher du soleil pour se risquer hors de leurs maisons, se promener dans les rues, dans les parcs, se bercer d'une illusion de vie sociale. Avec leurs masques protecteurs ou leurs élégantes voilettes, on aurait dit que des centaines d'apiculteurs se promenaient à l'intérieur d'une immense ruche. Il y avait parmi eux des frères du G5, mais je ne pouvais pas les identifier : ils se dévoileraient à la face du monde le jour de la grande Révélation. Je ne connaissais de la Terre que l'astroport[5] d'Alger, le train sub-méditerranéen à très grande vitesse entre

1. ***Plantigrade*** : ours.
2. ***Gaze*** : voile.
3. ***Effluves salins*** : odeurs salées.
4. ***Prémunir*** : protéger.
5. Néologisme formé sur le préfixe «astro» (de l'espace, spatial) et le mot «port».

l'Afrique et l'Europe, l'aiguillage souterrain de l'Île-de-France et une poignée de rues de la ville de Nantes, et pourtant ce spectacle, ces couleurs, cette odeur m'étaient familiers, fichés dans une mémoire profonde insaisissable.

Une mémoire d'avant ma conception.

Plusieurs femmes sont venues me parler. Je n'ai pas vu dans leur attitude une effronterie[1] propre aux Terriennes, seulement une curiosité que l'incognito rend à la fois irrésistible et inoffensive. J'ai aperçu des visages d'une pâleur et d'une délicatesse surprenantes au travers des voilettes. Très différents en tout cas des faces charnues et hâlées[2] des Martiennes, qui triment[3] du matin au soir dans les serres et les vergers. J'ai dû rester moi-même plusieurs mois à l'ombre avant d'embarquer dans la navette TLC, le temps d'obtenir ce teint crayeux propre aux habitants de la Vieille Bleue. De leurs bribes de conversation j'ai retenu qu'elles rêvaient d'ouvrir leurs cages et de s'envoler vers des cieux moins monotones. Elles portaient leurs interminables existences comme des vêtements usés, tellement ravaudés[4] qu'ils étaient devenus informes, incolores. Patience, mes belles : la Fraternité du G5 vous débarrassera bientôt de vos hardes; votre Vieille Bleue sera frappée par la Révélation et rhabillée pour des siècles et des siècles.

J'ai attendu dix-neuf heures pour me rendre dans l'antique gymnase classé monument historique. On y accédait par une petite porte entre deux façades, puis par un étroit couloir tapissé de photos plus ou moins jaunies d'équipes de tous âges. Le battement sourd et frénétique du ballon, les crissements des semelles sur le parquet, les cris, les ahanements[5] et les rires des joueurs m'ont rappelé les parties acharnées disputées dans les complexes souterrains de Mars.

---

1. ***Effronterie*** : audace, courage, culot.
2. ***Charnues et hâlées*** : rebondies et bronzées.
3. ***Triment*** : travaillent.
4. ***Ravaudés*** : raccommodés.
5. ***Ahanements*** : souffles bruyants.

Je me suis assis dans les tribunes parmi d'autres spectateurs. Cette fois, je n'ai pas commis l'erreur de relever la gaze de mon chapeau. J'ai repéré mon homme dans l'équipe des jaunes, compensant sa taille moyenne par une activité inlassable[1], une volonté sans faille et une adresse supérieure à la moyenne. Des caractéristiques proches des miennes, évidemment. Le voir évoluer sur le parquet m'a rassuré : la différence de niveau n'était pas si flagrante entre lui et moi, il faudrait seulement que je travaille ma main droite et la précision de ma passe. J'ai espéré qu'Alban Le Cloarec, pivot de l'équipe des verts, ne ferait aucune allusion à notre conversation. La bouche ouverte, les traits tirés, le grand Grizzli peinait à reprendre son souffle. Quel âge pouvait-il avoir ? Cent soixante-dix ? Deux cents ans ? Combien de cœurs, combien d'organes de remplacement avait-il usés ? Combien lui en restait-il en réserve ?

La haine a déferlé en moi avec la violence d'un torrent. Pendant que ces hommes s'entretenaient dans une jeunesse illusoire, d'autres finançaient leur supplément de vie, leurs jeux, leurs loisirs, par un travail harassant[2] dans les mines ou dans les cirques de la colonie rouge.

Je suis sorti dans la rue et, adossé à un mur, j'ai tranquillement attendu mon homme. Les nuages se sont éventrés sur le clocher pour libérer une pluie poisseuse, chaude, une suée du ciel. Je me suis précipité sous un abri en compagnie d'une nuée de gamins voilés et pépiants[3].

Mon homme a franchi la porte du gymnase une heure plus tard. Je m'apprêtais à lui emboîter le pas quand Grizzli a débouché à son tour dans la rue, cheveux mouillés, tête nue, teint brique. Je me suis rencogné[4] derrière un arc-boutant de l'église. Ils se sont parlé pendant quelques secondes, ils ont ri, puis Grizzli lui

1. ***Inlassable*** : infatigable.
2. ***Harassant*** : épuisant.
3. ***Pépiants*** : bavards.
4. ***Rencogné*** : caché.

a serré la main et s'est éloigné de sa démarche de plantigrade. Avant de disparaître, il a pivoté sur lui-même et lancé un regard aigu dans ma direction. J'ai compris qu'il appartenait à l'invisible légion du G5 et qu'il m'encourageait. Le jour de la Révélation était peut-être plus proche que je ne le croyais.

Mon homme a longé le parapet du Mur de l'Atlantique sur deux bons kilomètres. Le jour s'enlisait dans une grisaille sale. L'océan s'était rapproché à une vitesse étonnante. Les vagues recouvraient déjà la grève et léchaient la base de la digue en soufflant une haleine tiède et saumâtre[1]. Il y avait du dépit dans les piaillements des mouettes qui n'avaient plus accès aux fonds de vase.

Mon gibier vivait seul. Né à Nantes, marié à trois reprises, père de deux enfants, il avait vécu sur les trois continents de l'Eurafrasie puis, aux alentours de la cent cinquantaine, était revenu s'installer dans sa ville natale. Son dossier m'avait appris qu'il avait mené une existence tout à fait ordinaire avant d'investir dans ce qu'on appelait le « cinquième martien ». Il faisait partie de ces nombreux Terriens qui avaient choisi de sacrifier vingt pour cent de leurs réserves vitales en contrepartie d'une rente substantielle[2]. Ceux-là avaient pris le risque de rogner sur leur temps d'existence pour bénéficier de revenus confortables. Un calcul payant, finalement, les progrès fulgurants de la thérapie génique ayant doublé l'espérance de vie. Ils n'avaient pas prévu le développement de la Fraternité du G5, mais on ne peut pas gagner à tous les coups.

Il habitait dans le quartier Néo-Feydeau, un quartier ultra-résidentiel aux immeubles élégants et aux dômes à facettes. Ici, pas de couloirs roulants, ni de navettes aériennes, ni d'ascenseurs, seulement des fleurs et des fruits aux couleurs vives, presque fluorescentes, qui transformaient les jardins suspendus en chars

1. ***Saumâtre*** : amère, désagréable.
2. ***Une rente substantielle*** : un revenu important.

de carnaval. Les jets teintés des fontaines et des gargouilles s'agençaient en un tableau chatoyant.

Il s'est dirigé par une succession de passerelles vers l'un des bâtiments, il a salué quelques personnes d'un hochement de tête ou d'un signe de la main, il est entré dans une boutique luxueuse d'où il est ressorti quelques instants plus tard avec plusieurs petits paquets, puis il s'est engouffré sous un porche de verre et s'est immobilisé à l'intérieur d'une colonne scintillante. Par chance une femme lui a crié de l'attendre, si bien que j'ai eu le temps de m'installer sur la plate-forme avant son décollage. J'ai gardé la tête baissée tout le temps de l'ascension. Il ne m'a prêté aucune attention, accaparé par la jeune femme dont la beauté transparaissait au travers des alvéoles de sa voilette. Il est descendu au trente-septième étage après avoir glissé quelques mots à sa voisine. J'ai eu peur qu'elle lui emboîte le pas, mais elle s'est contentée de prendre congé d'un murmure à peine audible. J'aurais remis l'exécution au lendemain si elle l'avait suivi. Non qu'un double meurtre me pose un insoluble[1] problème de conscience, mais, et c'est là un principe intangible[2] de la Fraternité du G5, nous avons pour consigne de commettre un crime discret, d'opérer une substitution qui n'éveille aucun doute, aucun soupçon.

Il me fallait à présent conjuguer vitesse et précision : je n'aurais pour agir que le temps de l'ouverture de sa porte. Si mon gibier la refermait avant que je puisse m'introduire dans son appartement, le système de détection et de surveillance ne me laisserait pas l'ombre d'une chance. Il m'a entraîné dans un couloir criblé de puits de lumière. L'immeuble baignait dans un silence apaisant. Le luxe des logements terriens contrastait fortement avec l'aspect rudimentaire des habitations martiennes. Sur la colonie, la poussière rouge s'infiltre en permanence dans

1. ***Insoluble*** : impossible.
2. ***Intangible*** : sacré.

les huisseries[1], sous les portes, sur les terrasses, dans les cours intérieures. Le vent est parfois si violent qu'il arrache les portes, investit les maisons, plaque les meubles contre les murs, dévaste en quelques secondes ce que les colons ont mis plus de dix ou vingt ans à construire.

Il s'est arrêté devant l'avant-dernière porte du couloir. Avant d'enfoncer son index dans le tube d'identification cellulaire, il s'est retourné et a balayé le couloir du regard. J'ai feint[2] de m'intéresser à une gravure lumineuse tout en glissant la main dans la poche de ma veste et en épiant ses gestes du coin de l'œil.

Sa porte s'est ouverte dans un chuintement[3] étouffé. J'ai encore attendu qu'il engage une jambe dans l'entrebâillement pour me précipiter sur lui, le pousser d'une violente bourrade[4] entre les omoplates et m'engouffrer dans son appartement. Il est tombé de tout son poids sur le tapis de l'entrée. Ses paquets se sont éparpillés autour de lui. Entraînée dans sa chute, une antique jarre de terre cuite s'est effondrée contre un mur et brisée avec une étrange douceur, comme vaincue par le poids des siècles. Il a poussé un hurlement de rage et s'est relevé d'un bond, prêt à en découdre. Il s'est figé lorsqu'il a découvert l'œil rond et noir du furtif à quelques centimètres de sa tête. La porte s'est refermée dans un claquement qui a vibré un long moment dans le silence.

« Bonsoir, monsieur, que dois-je programmer pour votre soirée ? »

J'ai cru un instant qu'un serviteur l'attendait dans une pièce voisine, puis je me suis rendu compte que cette voix n'avait rien de naturel et je me suis souvenu que les logements terriens étaient entièrement régis par la domotique[5].

---

1. ***Huisseries*** : cadres, encadrements.
2. ***Feint*** : fait semblant.
3. ***Chuintement*** : sifflement.
4. ***Bourrade*** : pression.
5. ***Domotique*** : ensemble des techniques utilisées dans un bâtiment pour le confort, la sécurité…

« Coupe les circuits domotiques. Vite. »

J'ai posé le canon de mon furtif sur son front pour étayer mon ordre. La peur a terni ses yeux clairs. Il a fini par expulser une succession de sons hésitants entre ses lèvres tremblantes.

« V… v… eille.

– Veuillez répéter en articulant, a claironné[1] la voix synthétique.

– Veille.

– Bien monsieur. Êtes-vous sûr d'avoir bien mémorisé le code pour…

– Veille ! »

La domotique a cessé de fonctionner avec un soupir de résignation. Des lumières se sont éteintes au-dessus de nous, et j'ai estimé que le système n'avait pas eu le temps d'envoyer des images ou d'autres signaux à un central de surveillance.

« Qu'est-ce que vous voulez ? »

Passés les premiers moments de surprise et d'effroi, il essayait de reprendre l'initiative. Comme je connaissais son caractère combatif, j'ai reculé d'un pas et je me suis tenu sur mes gardes. J'aurais dû presser la détente sans discuter, mais, fasciné, je n'ai pas résisté à l'envie de prolonger cette conversation.

« Du fric ? »

J'ai secoué la tête.

« Allons dans votre salon, ai-je proposé. Nous serons plus à l'aise pour parler. Je vous préviens : à la première entourloupe[2], je vous pulvérise. »

Il a acquiescé d'un clignement des paupières avant de désigner une porte en panneaux de verre biseautés. Il m'a précédé dans une pièce envahie de pénombre. Il m'a demandé l'autorisation de presser l'interrupteur mural puisque j'avais exigé la neutralisation de la domotique. Une dizaine de lampes en forme de

---

1. ***Claironné*** : proclamé.
2. ***À la première entourloupe*** : au premier mensonge.

sphères se sont allumées et ont dispensé un éclairage harmonieux, révélant deux canapés habillés de tissus moirés, un tapis probablement originaire du sous-continent asiatique, une table basse en… pierre de Mars, un tableau mural changeant, pouvant à tout moment se transformer en écran.

Il s'est laissé tomber dans l'un des canapés et m'a désigné l'autre d'un geste las. Je m'y suis installé sans le quitter des yeux. J'ai entretenu le mystère en gardant la gaze de mon chapeau rabattue sur mon visage. La rumeur de la ville s'échouait en murmure soyeux dans le silence de l'appartement. Les hurlements des vents martiens et les crissements des cailloux sur les vitres m'ont soudain manqué, tout comme l'odeur de la terre rouge, une odeur âpre de rouille.

«T'es pas mauvais au basket, ai-je commencé.

– Je suppose que vous… que tu ne t'es pas introduit chez moi pour me parler de mon jeu.

– Tout ce qui te concerne m'intéresse.

– Que me vaut cet honneur ?»

J'ai marqué un temps de silence pour lui offrir une chance, pour lui laisser le temps de deviner. Peut-être aurais-je changé d'avis s'il m'avait accordé le regard que j'espérais.

«Je viens de Mars, ai-je précisé.

– J'ai entendu dire que la criminalité s'est considérablement développée sur la colonie rouge, mais j'étais loin de supposer que les… enfin, que les mafias martiennes viendraient s'en prendre aux Terriens.»

Comme la plupart des habitants de la Vieille Bleue, il considérait Mars comme un territoire sans foi ni loi alors que la colonie rouge lui fournissait la majorité de ses revenus. Après les catastrophes provoquées par le réchauffement, après la perte de plus des trois quarts de sa population, après la transformation des Amériques et de l'Australie en déserts inhabitables, le gouvernement de la Fédération des Trois Continents avait conçu le projet «Arche de Noé», estimant que la Terre défigurée mettrait plusieurs dizaines de millénaires à recouvrer son équilibre. On avait expédié sur Mars des vagues de pionniers chargés d'installer les premières bulles de colonisation puis, en développant les cultures et les systèmes d'irrigation, de générer une atmosphère comparable à celle de la Terre – et vierge de toute pollution. Comme on n'avait pas trouvé de volontaires en nombre suffisant, on avait institué le « cinquième martien ».

« Quelles mafias ? »

Il m'a fixé avec un soupçon de mépris.

« La conquête de nouveaux territoires a toujours attiré les truands de tous poils. Mars ne fait pas exception à la règle. »

J'ai résisté à la tentation d'enfoncer la détente de mon furtif. Les Terriens étaient tellement oublieux qu'ils en devenaient odieux. Une navette aérienne traçait des arabesques étincelantes au travers de la baie.

« J'espère que le gouvernement nous débarrassera de cette racaille avant le grand jour, a-t-il ajouté.

– Le grand jour ? »

J'ai cru un moment qu'il parlait de la Révélation. Il m'a enveloppé d'un regard étonné, vaguement torve[1].

« Qu'est-ce que tu veux au juste ? »

J'ai alors retiré mon chapeau, rapidement pour ne pas lui offrir la moindre opportunité[2] de se jeter sur moi.

Trop rapidement.

J'avais rêvé de ce moment depuis des années, et il ne revêtait pas le caractère de solennité que j'avais tant de fois imaginé. De même, l'ébahissement de mon interlocuteur ne m'a pas apporté toute la satisfaction que j'avais escomptée. À son tour, il a eu l'impression de se contempler dans un miroir implacable. Aucun son n'est sorti de sa bouche grande ouverte.

« Je suis ton frère du G5. »

---

1. ***Torve*** : inquiétant.
2. ***Opportunité*** : chance.

L'aveu n'a provoqué chez lui qu'un froncement machinal des sourcils.

« Je viens prendre ta place, ai-je poursuivi. Et *ma* place par la même occasion. »

Son visage flottait dans la lumière tamisée comme un masque de cire.

« Tu… tu es…

– Ton G5. Comme cinquième génération. On t'a attribué cinq réserves organiques comme à chaque Terrien, puis tu as accepté la proposition du cinquième martien. On m'a sorti de la cuve et on m'a expédié sur la colonie rouge pour la rendre vivable. Vous les originels, vous nous prenez pour des rustres mal embouchés[1], pour des arriérés, pour de grossières imitations, mais la Fraternité prépare dans l'ombre l'avènement d'une ère nouvelle. La revanche d'une génération sacrifiée. »

Il a levé sur moi un index tremblant.

« Tu es mon… clone, a-t-il bredouillé.

– Ton reflet génétique. Davantage qu'un reflet : ta réplique. Je conserve même des bribes de souvenirs de ta vie d'avant. Imprimés dans mes cellules. Nous les frères du G5, nous militons pour redevenir des premiers, des uniques. Pour prendre le contrôle de notre vie. »

Sa lèvre supérieure s'est retroussée en une parodie de sourire. Il m'a alors rappelé le surnom dont m'ont affublé les membres de la Fraternité : la Hyène des canaux.

« Pauvre crétin ! Vous condamnez l'humanité à disparaître. Les clones ne peuvent pas se reproduire. »

Je me suis levé et rapproché de la baie. La nuit nantaise se peuplait de lumières fantomatiques et dansantes. Des étoiles gisaient comme des pépites dans les déchirures des nuages.

« Nous aurons le temps de réfléchir à notre avenir. »

---

1. ***Rustres mal embouchés*** : personnes manquant d'éducation.

Je me suis tourné vers lui et j'ai braqué le furtif sur sa tête. Il est tombé à genoux sur le tapis, les mains tremblantes, les yeux larmoyants.

« Non, attends, nous pouvons vivre ensemble. Il me reste pas mal de réserves à la banque d'organes. Je les partagerai avec toi. S'il te plaît. »

Sa proposition m'a écœuré. Les frères m'avaient bien dit que les originels étaient prêts à tout pour se prolonger en vie. Certains membres du Parti terrien de l'immortalité militaient déjà pour le G6, une sixième génération de clones qu'on pourrait conserver dans un caisson de cryogénisation[1] et utiliser comme corps de substitution. Il était temps pour nous de briser la chaîne.

« S'il te plaît… S'il te… »

J'ai pressé la détente avec rage. Le rayon du furtif lui a pulvérisé le crâne puis a commencé son œuvre de désintégration. Les frères ont conçu des armes qui provoquent un désassemblage moléculaire, une sorte de détricotage atomique entraînant une disparition pure et simple de la matière organique. Il n'est resté de lui qu'une volute[2] d'énergie et un tas de vêtements épars sur le tapis.

Un carillon a égrené ses notes cristallines. La porte d'entrée de l'appartement s'est aussitôt ouverte. J'ai eu juste le temps de fourrer le furtif dans la poche de ma veste. Une femme s'est introduite dans le salon, visage découvert, longs cheveux bruns, robe resserrée à la taille, à jamais coincée entre deux âges. Elle avait ramassé l'un des paquets éparpillés dans l'entrée. Elle m'a examiné avec une moue réprobatrice[3].

« Qu'est-ce que c'est que ce désordre ? Et cette tenue ? On dirait que tu sors de Mars ! »

Je me suis détourné pour masquer mon embarras. Cette femme n'était pas répertoriée dans le dossier remis par les frères du G5.

---

1. ***Cryogénisation*** : conservation à très basse température.
2. ***Volute*** : nuage.
3. ***Réprobatrice*** : mécontente.

« Je pensais que… c'était amusant de porter ces vieilleries, ai-je marmonné.

– Amusant ? Je ne te savais pas passéiste. Je te rappelle que nous allons à l'Opéra. C'est pour moi, ces cadeaux ? »

Je lui ai retourné mon plus beau sourire, espérant que les présents contenus dans ces paquets lui étaient bel et bien destinés.

« Je vais me changer. »

J'ai ramassé les vêtements et me suis rendu dans la chambre. Une douce euphorie[1] s'est emparée de moi. Les frères m'avaient parlé des sensations grisantes soulevées par le sentiment d'être un exemplaire unique, un moi exclusif. J'ai planqué le furtif dans le tiroir d'une commode en bois laqué, j'ai choisi un nouveau costume dans la penderie et, vêtu de neuf, je suis entré d'un pied allègre dans ma nouvelle vie.

1. ***Euphorie*** : joie, allégresse.

DOSSIER

- Avez-vous bien lu ?
- Microlectures
- Ce que l'homme fait à l'homme
- Entretien avec Pierre Bordage
- Critiques
- Activités d'écriture
- Analyse d'images
- Pour aller plus loin

Avez-vous bien lu ?

Vie et œuvre de Pierre Bordage

1. En quelle année Pierre Bordage est-il né ?
2. De quelle région est-il originaire ?
3. Dans quel type d'établissement est-il scolarisé à sa demande ?
4. Dans quelle université étudie-t-il ?
5. Dans quel pays voyage-t-il en 1975 ?
6. Quel est son premier roman publié ?
7. À quel sous-genre de la science-fiction ce roman appartient-il ?
8. Lequel de ses romans se déroule-t-il dans la Dorgne ?
9. Quel est le titre de sa série historique se déroulant en Vendée ?
10. Quel roman-feuilleton de l'auteur raconte la survie de l'humanité après un cataclysme ?

Nouvelle Vie™

1. Que viennent chercher les employés de la société Vie™ chez Jérémie Quint ?
2. Que devient Lisbeth Quint après le départ de son père ?
3. Quel événement a bouleversé le quotidien de la classe de maître Moda ?
4. Quelle décision Emna prend-elle quand elle apprend la vérité ?
5. À quelle occasion la famille de p'tit Tom se réunit-elle ?
6. Quel secret pépé Jo dévoile-t-il à p'tit Tom ?
7. Pour quelle(s) raison(s) Joa suggère-t-elle un travail à Azem ?
8. Comment Azem est-il repéré par ses poursuivants ? Comment peut-il leur échapper ?

9. Qu'est-ce que les « frères du G5 » ?

10. Pour quelle raison le frère du G5 est-il venu sur Terre ?

Microlectures

Microlecture n° 1 : un incipit (p. 39-42, l. 1 à 96)

Un début de récit

1. Quels sont les éléments du cadre spatio-temporel donnés dans ce passage ?

2. Qui sont les personnages dont il est question ici ? Quelles sont leurs motivations respectives ?

3. Quelles hypothèses de lecture peut-on faire pour la suite du récit grâce aux informations données ici ?

Les retours en arrière

1. Quels sont les temps principaux de ce passage ? Quelles sont leurs valeurs respectives ?

2. Quel est le point de vue adopté ? À quoi le voyez-vous ?

3. Combien peut-on repérer de retours en arrière ? Quelle est leur fonction ?

Une société effrayante

1. Quels sont les éléments qui montrent que le monde décrit ici n'est pas tout à fait le nôtre ?

2. Quels termes péjoratifs pouvez-vous relever ? Quelle impression cela créé-t-il ?

3. En quoi peut-on dire que le monde décrit ici est dystopique[1] ?

---

1. Voir note 1, p. 18.

Microlecture n° 2 : l'école à la maison (p. 55-59, l. 1 à 117)

Un cadre d'apparence réaliste

1. Quels sont les éléments qui font de cet extrait un texte d'apparence réaliste ?

2. Quelles différences peut-on pourtant remarquer entre le monde décrit ici et le nôtre ?

3. Quelles sont les fonctions des deux paragraphes en italiques ?

L'hypocrisie des adultes

1. Quels éléments montrent qu'Emna est une enfant précoce ?

2. Comment Emna dévoile-t-elle l'hypocrisie de ses deux parents ?

3. Emna vous semble-t-elle heureuse ? Pourquoi ?

Un monde coupé du monde ?

1. Trouve-t-on beaucoup de termes renvoyant à des nationalités dans le passage ? Pourquoi ?

2. En quoi peut-on dire qu'Emna ne peut communiquer avec ses parents ?

3. Quel outil est utilisé pour hiérarchiser les enfants entre eux ?

Microlecture n° 3 : dans la machine (p. 78-81, l. 154 à 250)

Une cérémonie imposante

1. Montrez que les champs lexicaux de la vue et de l'ouïe sont particulièrement riches.

2. Comment suggère-t-on que cette cérémonie a déjà eu lieu plusieurs fois ?

3. Pourquoi insiste-t-on tant sur la description des corps et des costumes ?

Un univers de pixels

1. À part la vue et l'ouïe, est-ce que d'autres sens sont évoqués ? Pourquoi ?

2. Quels sont les effets spéciaux qui montrent que nous sommes dans un univers différent du nôtre ?

3. Prouvez-le en relevant le champ lexical de l'informatique.

La fin de l'hypocrisie

1. Quels sont les membres de la famille présents à l'événement ?

2. À quel niveau de langue appartiennent les dialogues de la fin de l'extrait ? Pour quelle raison ?

3. Montrez que les personnages finissent par affirmer l'inverse de ce qu'ils disaient quelques instants plus tôt.

Microlecture n° 4 : chasse à l'homme (p. 102-105, l. 396 à 498)

Un avenir sombre

1. Quel est le cadre spatio-temporel de cet extrait ?

2. Quels sont les détails qui montrent que nous sommes dans une nouvelle de science-fiction ?

3. Par quel moyen le narrateur suggère-t-il que cet avenir n'est pas enviable ?

Retour à l'état sauvage

1. Quel est le statut du narrateur ? Quel est le point de vue ?

2. Quels sont les éléments naturels présents ici ?

3. À combien d'animaux le personnage est-il comparé ? Dans quel but ?

Une atmosphère de conte

1. Comment l'apparition de Marie est-elle rendue féerique ?

2. En quoi les retours en arrière et les anticipations s'opposent-ils à l'atmosphère de la rencontre ?

3. Quels sont les éléments qui font d'Azem un nouvel Adam ? En quoi cela annonce-t-il la fin de l'histoire ?

Ce que l'homme fait à l'homme[1]

Du corps à l'esprit

Le groupement suivant propose quatre textes, du XVIIIe au XXe siècle, qui dénoncent le traitement que l'homme inflige parfois à ses semblables. L'évolution nous montre comment la contrainte qui s'impose à lui passe peu à peu d'un asservissement du corps à celui de l'esprit.

Le corps asservi : Voltaire, *Candide* (1759)

Ce conte philosophique appartient au genre de l'apologue : sous l'apparence d'aventures plaisantes, l'auteur veut fait réfléchir le lecteur. Ici, Voltaire aborde la question de l'esclavage et de la traite des nègres. Après une série d'aventures, Candide et son valet Cacambo quittent l'Eldorado, un pays utopique situé en Amérique du sud, montés sur des moutons volants, et arrivent dans la province du Surinam qui était à l'époque sous domination hollandaise.

La première journée de nos deux voyageurs fut assez agréable. Ils étaient encouragés par l'idée de se voir possesseurs de plus de trésors que l'Asie, l'Europe et l'Afrique n'en pouvaient rassembler. Candide, transporté, écrivit le nom de Cunégonde sur les arbres. À la seconde journée, deux de leurs moutons s'enfoncèrent dans des marais, et y furent abîmés avec leurs charges ; deux autres moutons moururent

1. Titre emprunté à l'ouvrage de Myriam Revault d'Allonnes, *Ce que l'homme fait à l'homme. Essai sur le mal politique*, Flammarion, « Champs Essais », 2010.

de fatigue quelques jours après ; sept ou huit périrent ensuite de faim dans un désert ; d'autres tombèrent au bout de quelques jours dans des précipices. Enfin, après cent jours de marche, il ne leur resta que deux moutons. Candide dit à Cacambo : « Mon ami, vous voyez comme les richesses de ce monde sont périssables ; il n'y a rien de solide que la vertu et le bonheur de revoir mademoiselle Cunégonde. – Je l'avoue, dit Cacambo ; mais il nous reste encore deux moutons avec plus de trésors que n'en aura jamais le roi d'Espagne ; et je vois de loin une ville que je soupçonne être Surinam, appartenante aux Hollandais. Nous sommes au bout de nos peines et au commencement de notre félicité. »

En approchant de la ville, ils rencontrèrent un nègre étendu par terre, n'ayant plus que la moitié de son habit, c'est-à-dire d'un caleçon de toile bleue ; il manquait à ce pauvre homme la jambe gauche et la main droite. « Eh ! mon Dieu ! lui dit Candide en hollandais, que fais-tu là, mon ami, dans l'état horrible où je te vois ? – J'attends mon maître, M. Vanderdendur, le fameux négociant, répondit le nègre. – Est-ce M. Vanderdendur, dit Candide, qui t'a traité ainsi ? – Oui, monsieur, dit le nègre, c'est l'usage. On nous donne un caleçon de toile pour tout vêtement deux fois l'année. Quand nous travaillons aux sucreries, et que la meule nous attrape le doigt, on nous coupe la main ; quand nous voulons nous enfuir, on nous coupe la jambe : je me suis trouvé dans les deux cas. C'est à ce prix que vous mangez du sucre en Europe. Cependant, lorsque ma mère me vendit dix écus patagons sur la côte de Guinée, elle me disait : "Mon cher enfant, bénis nos fétiches, adore-les toujours, ils te feront vivre heureux ; tu as l'honneur d'être esclave de nos seigneurs les blancs, et tu fais par là la fortune de ton père et de ta mère." Hélas ! je ne sais pas si j'ai fait leur fortune, mais ils n'ont pas fait la mienne. Les chiens, les singes et les perroquets sont mille fois moins malheureux que nous ; les fétiches hollandais qui m'ont converti me disent tous les dimanches que nous sommes tous enfants d'Adam, blancs et noirs. Je ne suis pas généalogiste ; mais si ces prêcheurs disent vrai, nous sommes tous cousins issus de germains. Or vous m'avouerez qu'on ne peut pas en user avec ses parents d'une manière plus horrible.

– Ô Pangloss ! s'écria Candide, tu n'avais pas deviné cette abomination ; c'en est fait, il faudra qu'à la fin je renonce à ton optimisme. – Qu'est-ce qu'optimisme ? disait Cacambo. – Hélas ! dit Candide, c'est la rage de soutenir que tout est bien quand on est mal. » Et il versait des larmes en regardant son nègre ; et en pleurant, il entra dans Surinam.

Voltaire, *Candide*, GF-Flammarion, coll. « Étonnants Classiques », chapitre XIX.

1. Le traitement subi par l'esclave vous semble-t-il juste ?

3. Comment Voltaire montre-t-il que l'esclave ne possède plus son propre corps ?

3. À part l'esclavage, quels sont les autres thèmes abordés par Voltaire quand il parle des « fétiches » et du « sucre en Europe » ?

Le corps recyclé : Mary Shelley, *Frankenstein ou le Prométhée moderne* (1818)

Le roman *Frankenstein* est considéré comme précurseur de la science-fiction. Il apparaît lui aussi comme un apologue car il veut mettre en garde contre les dangers du progrès technique. Dans notre extrait, Victor Frankenstein a découvert le moyen de redonner vie à des cadavres. Après des mois de recherches acharnées, il est sur le point de donner naissance à un être nouveau.

Ce fut par une lugubre nuit de novembre que je contemplai mon œuvre terminée. Dans une anxiété proche de l'agonie, je rassemblai autour de moi les instruments qui devaient me permettre de faire passer l'étincelle de la vie dans la créature inerte étendue à mes pieds. Il était déjà une heure du matin ; une pluie funèbre martelait les vitres et ma bougie était presque consumée, lorsque à la lueur de cette lumière à demi éteinte, je vis s'ouvrir l'œil jaune et terne de cet être ; sa respiration pénible commença, et un mouvement convulsif agita ses membres.

Comment décrire mes émotions en présence de cette catastrophe, ou dessiner le malheureux qu'avec un labeur et des soins si infinis je m'étais forcé de former ? Ses membres étaient proportionnés entre eux, et j'avais choisi ses traits pour leur beauté. Pour leur beauté ! Grand Dieu ! Sa peau jaune couvrait à peine le tissu des muscles et des artères ; ses cheveux étaient d'un noir brillant, et abondants ; ses dents d'une blancheur de nacre ; mais ces merveilles ne produisaient qu'un contraste plus horrible avec les yeux transparents, qui semblaient presque de la même couleur que les orbites d'un blanc terne qui les encadraient, que son teint parcheminé et ses lèvres droites et noires.

Les accidents variés de la vie ne sont pas aussi sujets au changement que les sentiments humains. Depuis près de deux ans, j'avais travaillé sans relâche dans le seul but de communiquer la vie à un corps inanimé. Je m'étais privé de repos et d'hygiène. Mon désir avait été d'une ardeur immodérée, et maintenant qu'il se trouvait réalisé, la beauté du rêve s'évanouissait, une horreur et un dégoût sans bornes m'emplissaient l'âme. Incapable de supporter la vue de l'être que j'avais créé, je me précipitai hors de la pièce, et restai longtemps dans le même état d'esprit dans ma chambre, sans pouvoir goûter de sommeil. La lassitude finit par succéder à l'agitation dont j'avais auparavant souffert, et je me précipitai tout habillé sur mon lit, essayant de trouver un instant d'oubli. Mais ce fut en vain : je dormis, il est vrai, mais d'un sommeil troublé par les rêves les plus terribles. Je croyais voir Elizabeth, dans la fleur de sa santé, passer dans les rues d'Ingolstadt. Délicieusement surpris, je l'embrassais ; mais à mon premier baiser sur ses lèvres, elles revêtaient la lividité de la mort ; ses traits paraissaient changer, et il me semblait tenir en mes bras le corps de ma mère morte ; un linceul l'enveloppait, et je vis les vers du tombeau ramper dans les plis du linceul. Je tressaillis et m'éveillai dans l'horreur ; une sueur froide me couvrait le front, mes dents claquaient, tous mes membres étaient convulsés : c'est alors qu'à la lumière incertaine et jaunâtre de la lune traversant les persiennes de ma fenêtre, j'aperçus le malheureux, le misérable monstre que j'avais créé. Il soulevait le rideau du lit ; et ses yeux, s'il est permis de les appeler ainsi, étaient fixés sur moi. Ses mâchoires s'ouvraient, et il marmottait des sons inarticulés, en même temps qu'une grimace ridait ses joues. Peut-être parla-t-il, mais je n'entendis rien ; l'une de ses mains était tendue, apparemment pour me retenir, mais je m'échappai et me précipitai en bas. Je me réfugiai dans la cour de la maison que j'habitais, et j'y restai tout le reste de la nuit, faisant les cent pas dans l'agitation la plus grande, écoutant attentivement, guettant et craignant chaque son, comme s'il devait m'annoncer l'approche du cadavre démoniaque à qui j'avais donné la vie de façon si misérable.

Ah ! aucun mortel ne pourrait supporter la vue de ce visage horrible. Une momie à qui le mouvement a été rendu ne saurait être aussi hideuse. Je l'avais contemplé avant qu'il fût achevé ; il était laid, sans doute ; mais quand ses muscles et ses articulations purent se mouvoir, cela devint une chose telle que Dante lui-même n'aurait pu la concevoir.

Mary Shelley, *Frankenstein*, trad. Germain d'Hangest,
GF-Flammarion, chapitre V.

1. Comment expliquez-vous la réaction de Victor Frankenstein face à sa créature ?
2. En quoi le travail du scientifique est-il blâmable ?
3. Comment pouvez-vous relier ce thème à celui de « Nouvelle Vie™ » ou de la nouvelle « Les frères du G5 » ?

Le corps manipulé : Aldous Huxley, *Le Meilleur des mondes*[1] (1932)

Cette œuvre d'Aldous Huxley est un classique de la dystopie[2]. Dans le monde qu'il peint, les êtres humains sont tous créés en laboratoire et sont ensuite répartis en castes supérieures (les Alphas et les Bêtas) et inférieures (les Gammas, Deltas et Epsilons). Dans les premières pages du roman, un groupe d'étudiants visitent le Centre d'Incubation et de Conditionnement. Mr. Foster, un jeune employé enthousiaste, leur donne des explications.

---

1. Le titre original du roman, *Brave New World*, est une citation de Shakespeare extraite de *La Tempête*. La traduction française fait allusion à Candide qui pense que « tout est pour le mieux dans le meilleur des mondes possibles ».
2. Voir note 1, p. 18.

Il leur montra le mécanisme simple au moyen duquel, pendant les deux derniers mètres de chaque parcours de nuit, on secoue simultanément tous les embryons pour les familiariser avec le mouvement. Il fit allusion à la gravité de ce qu'on appelle le « traumatisme de décantation », et énuméra les précautions prises afin de réduire au minimum, par un dressage approprié de l'embryon en flacon, ce choc dangereux. Il leur parla des épreuves de sexe effectuées au voisinage du mètre 200. Il expliqua le système d'étiquetage — un T pour les mâles, un cercle pour les femelles, et pour ceux qui étaient destinés à devenir des neutres, un point d'interrogation, noir sur un fond blanc.

– Car, bien entendu, dit Mr. Foster, dans l'immense majorité des cas, la fécondité est tout bonnement une gêne. Un ovaire fertile sur douze cents, — voilà qui serait largement suffisant pour nos besoins. Mais nous désirons avoir un bon choix. Et, bien entendu, il faut toujours conserver une marge de sécurité énorme. Aussi laissons-nous se développer normalement jusqu'à trente pour cent des embryons femelles. Les autres reçoivent une dose d'hormone sexuelle mâle à tous les vingt-quatre mètres pendant le reste du parcours. Résultat : quand on les décante, ils sont neutres, absolument normaux au point de vue de la structure (sauf, fut-il obligé de reconnaître, qu'ils ont, il est vrai, un rien de tendance à la croissance d'une barbe), mais stériles. Garantis stériles. Ce qui nous amène enfin, continua Mr. Foster, à quitter le domaine de la simple imitation stérile de la nature, pour entrer dans le monde beaucoup plus intéressant de l'invention humaine.

Il se frotta les mains. Car, bien entendu, on ne se contentait pas de couver simplement des embryons : cela, n'importe quelle vache est capable de le faire.

– En outre, nous prédestinons et conditionnons. Nous décantons nos bébés sous forme d'êtres vivants socialisés, sous forme d'Alphas ou d'Epsilons, de futurs vidangeurs ou de futurs... – Il était sur le point de dire « futurs Administrateurs Mondiaux », mais, se reprenant, il dit « futurs Directeurs de l'Incubation ».

Le D.I.C. fut sensible au compliment, qu'il reçut avec un sourire.

Ils en étaient au mètre 320 sur le porte-bouteilles n° 11. Un jeune mécanicien Bêta-Moins était occupé à travailler avec un tournevis et une clef anglaise à la pompe à pseudo-sang d'un flacon qui passait.

Le ronflement du moteur électrique devenait plus grave, par fractions de ton, tandis qu'il vissait les écrous… Plus grave, plus grave… Une torsion finale, un coup d'œil sur le compteur de tours, et il eut terminé. Il avança de deux pas le long de la rangée et recommença la même opération sur la pompe suivante.

– Il diminue le nombre de tours à la minute, expliqua Mr. Foster. Le pseudo-sang circule plus lentement ; il passe par conséquent dans les poumons à intervalles plus longs ; il donne par suite à l'embryon moins d'oxygène. Rien de tel que la pénurie d'oxygène pour maintenir un embryon au-dessous de la normale. De nouveau, il se frotta les mains.

– Mais pourquoi voulez-vous maintenir l'embryon au-dessous de la normale ? demanda un étudiant ingénu.

– Quel âne ! dit le Directeur, rompant un long silence. Ne vous est-il jamais venu à l'idée qu'il faut à un embryon d'Epsilon un milieu d'Epsilon, aussi bien qu'une hérédité d'Epsilon ?

Cela ne lui était évidemment pas venu à l'idée. Il fut couvert de confusion.

– Plus la caste est basse, dit Mr. Foster, moins on donne d'oxygène. Le premier organe affecté, c'est le cerveau. Ensuite le squelette. À soixante-dix pour cent d'oxygène normal, on obtient des nains. À moins de soixante-dix pour cent, des monstres sans yeux.

– Lesquels ne sont absolument d'aucune utilité, dit Mr. Foster pour conclure. Tandis que (sa voix se fit confidentielle, avide d'exposer ce qu'il avait à dire) si l'on pouvait découvrir une technique pour réduire la durée de maturation, quel bienfait ce serait pour la société !

– Considérez le cheval.

Ils le considérèrent.

– Mûr à six ans ; l'éléphant à dix. Alors qu'à treize ans un homme n'est pas encore mûr sexuellement, et n'est adulte qu'à vingt ans. D'où, bien entendu, ce fruit du développement retardé : l'intelligence humaine.

– Mais chez les Epsilons, dit fort justement Mr. Foster, nous n'avons pas besoin d'intelligence humaine. On n'en a pas besoin, et on ne l'obtient pas. Mais, bien que chez l'Epsilon l'esprit soit mûr à dix ans, il en faut dix-huit avant que le corps soit propre au travail.

Que de longues années d'immaturité, superflues et gaspillées ! S'il était possible d'accélérer le développement physique jusqu'à le rendre aussi rapide, mettons que celui d'une vache, quelle économie énorme il en résulterait pour la Communauté !

– Énorme ! murmurèrent les étudiants.

L'enthousiasme de Mr. Foster était contagieux.

Aldous Huxley, *Le Meilleur des mondes*,
© trad. Jules Castier, Éditions Plon, chapitre 1.

1. De quelle manière les scientifiques créent-ils un Epsilon ?
2. Relevez les comparaisons animales. Quel est leur but ?
3. En quoi peut-on dire que la liberté humaine est bafouée par ces pratiques ?

L'esprit conditionné : George Orwell, *1984* (1949)

George Orwell s'est lui aussi illustré en écrivant la dystopie *1984* (le roman est écrit en 1948) où il crée la figure du dictateur Big Brother dont l'image omniprésente semble surveiller les citoyens en permanence.

L'histoire commence en 1984, à Londres, dans l'empire d'Océania dominé par Big Brother. Le Parti organise chaque jour les Deux Minutes de la Haine. Ce sont des séances au cours desquelles on réunit un grand nombre de personnes dans une pièce pour leur diffuser des informations sur un écran géant. Le but n'est pas d'informer mais de développer la propagande du Parti. Ainsi, un certain Goldstein est présenté comme l'ennemi du pays. Le personnage principal, Winston Smith, quoique réticent, est contraint de participer à ces Deux Minutes de la Haine.

Le diaphragme de Winston s'était contracté. Il ne pouvait voir le visage de Goldstein sans éprouver un pénible mélange d'émotions. C'était un mince visage de Juif, largement auréolé de cheveux blancs vaporeux, qui portait une barbiche en forme de bouc, un visage intelligent et pourtant méprisable par quelque chose qui lui était propre, avec une sorte de sottise sénile dans le long nez mince sur lequel, près de l'extrémité, était perchée une paire de lunettes. Ce visage ressemblait à celui d'un mouton, et la voix, elle aussi, était du genre bêlant. Goldstein débitait sa venimeuse attaque habituelle contre les doctrines du Parti. Une attaque si exagérée et si perverse qu'un enfant aurait pu la percer à jour, et cependant juste assez plausible pour emplir chacun de la crainte que d'autres, moins bien équilibrés pussent s'y laisser prendre. Goldstein insultait Big Brother, dénonçait la dictature du Parti, exigeait l'immédiate conclusion de la paix avec l'Eurasia, défendait la liberté de parler, la liberté de la presse, la liberté de réunion, la liberté de pensée. Il criait hystériquement que la révolution avait été trahie, et cela en un rapide discours polysyllabique qui était une parodie du style habituel des orateurs du Parti et comprenait même des mots novlangue, plus de mots novlangue même qu'aucun orateur du Parti n'aurait normalement employés dans la vie réelle. Et pendant ce temps, pour que personne ne pût douter de la réalité de ce que recouvrait le boniment spécieux de Goldstein, derrière sa tête, sur l'écran, marchaient les colonnes sans fin de l'armée eurasienne, rang après rang d'hommes à l'aspect robuste, aux visages inexpressifs d'Asiatiques, qui venaient déboucher sur l'écran et s'évanouissaient, pour être immédiatement remplacés par d'autres exactement semblables. Le sourd martèlement rythmé des bottes des soldats formait l'arrière-plan de la voix bêlante de Goldstein.

Avant les trente secondes de la Haine, la moitié des assistants laissait échapper des exclamations de rage. Le visage de mouton satisfait et la terrifiante puissance de l'armée eurasienne étaient plus qu'on n'en pouvait supporter. Par ailleurs, voir Goldstein, ou même penser à lui, produisait automatiquement la crainte et la colère. Il était un objet de haine plus constant que l'Eurasia ou l'Estasia, puisque lorsque l'Océania était en guerre avec une de ces puissances, elle était généralement en paix avec l'autre. Mais l'étrange était que, bien que Goldstein fût haï et méprisé par tout le monde, bien que tous les jours et un millier de fois par jour, sur les estrades, aux télécrans, dans les journaux, dans les livres, ses théories fussent réfutées, écrasées, ridiculisées, que leur pitoyable sottise fût exposée aux regards de tous, en dépit de tout cela, son influence ne semblait jamais diminuée. Il y avait toujours de nouvelles dupes qui attendaient d'être séduites par lui. Pas un jour ne se passait que des espions et des saboteurs à ses ordres ne fussent démasqués par la Police de la Pensée. Il commandait une grande armée ténébreuse, un réseau clandestin de conspirateurs qui se consacraient à la chute de l'État. On croyait que cette armée s'appelait la Fraternité. Il y avait aussi des histoires que l'on chuchotait à propos d'un livre terrible, résumé de toutes les hérésies, dont Goldstein était l'auteur, et qui circulait clandestinement çà et là. Ce livre n'avait pas de titre. Les gens s'y référaient, s'ils s'y référaient jamais, en disant simplement *le livre*. Mais on ne savait de telles choses que par de vagues rumeurs. Ni la Fraternité, ni *le livre*, n'étaient des sujets qu'un membre ordinaire du Parti mentionnerait s'il pouvait l'éviter.

À la seconde minute, la Haine tourna au délire. Les gens sautaient sur place et criaient de toutes leurs forces pour s'efforcer de couvrir le bêlement affolant qui venait de l'écran. Même le lourd visage d'O'Brien[1] était rouge. Il était assis très droit sur sa chaise. Sa puissante poitrine se gonflait et se contractait comme pour résister à l'assaut d'une vague. La petite femme aux cheveux roux avait tourné au rose vif, et sa bouche s'ouvrait et se fermait comme celle d'un poisson hors de l'eau. La fille brune qui était derrière Winston criait : « Cochon ! Cochon ! Cochon ! » Elle saisit soudain un lourd dictionnaire novlangue et le lança sur l'écran. Il atteignit le nez de Goldstein et rebondit. La voix continuait, inexorable. Dans un moment de lucidité, Winston se vit criant avec les autres et frappant violemment du talon contre les barreaux de sa chaise. L'horrible, dans ces Deux Minutes de la Haine, était, non qu'on fût obligé d'y jouer un rôle, mais que l'on ne pouvait, au contraire, éviter de s'y joindre. Au bout de trente secondes, toute feinte, toute dérobade devenait inutile. Une hideuse extase, faite de frayeur et de rancune, un désir de tuer, de torturer, d'écraser des visages sous un marteau, semblait se répandre dans l'assistance comme un courant électrique et transformer chacun, même contre sa volonté, en un fou vociférant et grimaçant.

George Orwell, *1984*, © trad. Amélie Audiberti,
Gallimard, première partie, chapitre I.

---

1. Membre du Parti intérieur.

1. Quels sont les éléments montrant que les informations délivrées sont des mensonges ?

2. En quoi la propagande de Big Brother et du Parti repose-t-elle sur le racisme ?

3. Comment le personnage principal se laisse-t-il peu à peu emporter par l'ambiance ?

Le bébé-médicament

Le 26 janvier est né le premier « bébé-médicament » français. Cet événement médical a immédiatement suscité une polémique. En effet, le « bébé-médicament » ou « bébé du double espoir » est conçu puis sélectionné *in vitro* dans le but de sauver un frère ou une sœur atteint d'une maladie grave, notamment par le biais d'une greffe du sang du cordon ombilical ou de moelle osseuse. Si l'objectif est positif, cette pratique pose un problème bioéthique car elle pourrait conduire à concevoir des enfants uniquement pour soigner leurs aînés et donc à opérer une sélection des embryons.
Voici quatre articles parus à cette occasion dans certains des plus grands journaux français d'information.

Le Figaro

C'est un garçon, et l'on imagine ses parents doublement heureux. Le petit Umut-Talha, né le 26 janvier à l'hôpital Antoine-Béclère à Clamart, n'est pas seulement un nourrisson en «très bonne santé», pesant 3,650 kg à la naissance. Sa venue au monde doit également permettre de soigner sa sœur aînée atteinte d'une maladie grave […].

Comme la loi de bioéthique l'autorise en France depuis 2004, les parents d'Umut-Talha («notre espoir» en turc), dont les deux précédents enfants sont atteints d'une maladie du sang, la bêta-thalassémie, ont décidé de concevoir un «bébé médicament», ou «bébé du double espoir». Pour cela, ils ont eu recours à la fécondation in vitro […] pour retenir un embryon sain et génétiquement compatible avec un de leurs enfants malades.

Les médecins ont ainsi pu s'assurer que l'enfant à naître n'aurait pas la même maladie que ses aînés et qu'il serait un donneur compatible avec l'un des enfants à soigner. À la naissance, le sang du cordon ombilical reliant Umut-Talha à sa mère, riche en cellules souches, a été recueilli. Ces cellules souches, qui donnent naissance aux cellules sanguines, seront conservées pour une greffe ultérieure à sa sœur.

Cette pratique, une première en France, reste très rare dans le monde. Les États-Unis y ont recours depuis une dizaine d'années. [...]

Bien que saluée sur le plan technique, la naissance de ce « bébé médicament » soulève des interrogations éthiques, politiques et religieuses. La présidente du Parti chrétien-démocrate Christine Boutin a dénoncé mardi une « instrumentalisation de la personne conçue simplement pour rendre service, pour être utilisée ». Dans la même idée, le cardinal André Vingt-Trois, président de la Conférence des évêques de France, s'est dit « tout à fait opposé » à cette technique car cela signifie qu'on va utiliser quelqu'un au service exclusif de quelqu'un d'autre ».

Le Pr Frydman [...] a expliqué que les parents avaient avant tout souhaité agrandir leur famille. « [À l'issue de la fécondation in vitro], nous avions deux embryons, l'un compatible et l'autre pas. Que faire ? Ce couple-là a demandé à ce que les deux embryons soient transférés car ce qu'ils voulaient, c'était un autre enfant. Le hasard a voulu que seul l'embryon compatible se développe dans l'utérus. »

Le généticien Axel Kahn [...] a de son côté rappelé qu'avoir un nouvel enfant dans l'espoir de sauver son aîné malade n'était pas nouveau. « Avant qu'on fasse un diagnostic prénatal, les parents faisaient un enfant sans tri d'embryons, en espérant que le hasard leur soit favorable. Si bien qu'il n'y a ici pas beaucoup de modification par rapport à ce qui était les usages relativement fréquents des parents dans cette situation. »

Pour

Le Monde : **interview du professeur Frydman, gynécologue, chef de service à l'hôpital Antoine-Béclère à Clamart**

Comment a été conçu ce premier «bébé du double espoir»?

Lorsque ce jeune couple est venu vers nous, il avait déjà deux enfants atteints de la bêta-thalassémie [une maladie due à un gène commandant la production d'un composant essentiel de l'hémoglobine, qui permet de transporter l'oxygène]. Les parents, qui n'ont pas de problème de fertilité, désiraient que leur troisième enfant soit épargné par cette grave maladie.

Nous avons donc procédé à une fécondation in vitro pour six embryons. Deux d'entre eux avaient des gènes sains, dont un était en plus compatible avec le sang de la cadette de la fratrie. Les parents ont souhaité que les deux embryons soient implantés, sans être certains que l'enfant à naître pourrait guérir leur fille.

Était-il nécessaire de mettre au monde cet enfant pour guérir sa sœur? Un simple don de cellules-souches n'était-il pas envisageable?

Théoriquement, oui. Mais il faut savoir que toutes ces demandes ont d'abord été examinées par l'agence de biomédecine. Une recherche de sang compatible a été effectuée, et il était également nécessaire d'établir que l'enfant avait réellement besoin d'une transfusion, puisque certaines maladies génétiques peuvent être moins prononcées. Ces deux critères étant réunis, nous avons pu procéder à la fécondation.

Est-on sûr de pouvoir guérir la sœur grâce à cette méthode?

Non, comme toutes les interventions, nous ne sommes sûrs de rien. Il y a 90 % de chances de réussite de la greffe, mais cela n'est pas garanti.

Ce matin, Mgr André Vingt-Trois et Christine Boutin ont critiqué cette démarche, évoquant «une instrumentalisation de l'être humain au service des autres» ou encore une philosophie «eugéniste». Que souhaiteriez-vous leur répondre?

Je crois qu'il faudrait sortir des dogmes, et regarder la vie. Je ne vois pas dans cette histoire où se situe l'instrumentalisation. Je tiens à rappeler que le couple désirait un enfant, certes sain, mais sans garantie de compatibilité avec leur fille. L'enfant qui vient de naître n'a été altéré ni dans son psychisme, ni dans son physique. Nous avons effectué un prélèvement sur le placenta. Jusqu'à preuve du contraire, le placenta n'est pas la personne ! Le diagnostic préimplantatoire a révélé que l'enfant était sain. Nous n'allions pas remettre à ce couple, qui a déjà deux enfants malades, un troisième embryon atteint par la bêta-thalassémie ! Nous ne sommes pas sadiques à ce point ! Nous acceptons simplement le principe selon lequel tout ce qui vient de la nature n'est pas bon. Notre rôle de médecins est d'éviter que le destin génétique s'abatte sans que le couple ait eu le choix.

Ce nouvel enfant, Umut-Talha – en turc, « notre espoir » –, a été mis au monde il y a près de deux semaines. Avez-vous attendu que le projet de loi sur la bioéthique soit débattu à l'Assemblée nationale pour annoncer sa naissance ?

Pas du tout. Nous avions besoin d'être certains de deux choses : que tout allait bien pour l'enfant, notamment du point de vue tissulaire, mais également que la quantité de sang prélevée sur le placenta était suffisante.

Quelle est votre opinion à propos de ce projet de loi ?

Je pense que si l'on désire obtenir des résultats, il faut travailler, innover, et faire de la recherche. Il nous a par exemple fallu trois ans de combat et de lobbying pour obtenir de pouvoir congeler des ovules. Auparavant, cela était assimilé à de la recherche sur les embryons. La France, qui grouille pourtant d'hommes et de femmes de talent, arrive dix ans après les autres concernant le « bébé du double espoir ».

Je trouve que le blocage auquel on assiste aujourd'hui est encore plus pesant qu'il y a vingt ans. J'ai le sentiment qu'une chape de plomb s'abat sur la pensée [...] Chaque semaine depuis trente ans, j'entends parler de risques de dérives. Nous n'en avons pas connu, grâce à notre système d'encadrement, mais celui-ci est trop présent aujourd'hui. Nous pourrions l'alléger sans porter atteinte à nos principes. Il faut sortir de ce climat de suspicion. Personne n'est obligé de passer par un diagnostic préimplantatoire. Il n'y a rien d'eugénique dans cette histoire, car l'eugénisme est imposé à la population.

J'espère que la naissance d'Umut-Talha fera avancer les choses. Mais nous ne devons pas laisser un groupe religieux imposer son point de vue dans un pays qui se veut laïc, même si nous devons respecter les convictions de chacun.

Propos recueillis par Vincent Matalon le 8 février 2011

Le Point : La naissance d'un « bébé-médicament » inquiète Mgr Vingt-Trois

L'archevêque de Paris, Mgr André Vingt-Trois, et l'ancienne ministre Christine Boutin ont fait part de leurs réserves mardi, après l'annonce de la naissance en France d'un premier « bébé-médicament », conçu pour sauver son frère. [...] L'enfant, né le 26 janvier à l'hôpital Antoine-Béclère de Clamart, pourrait sauver, grâce à une greffe de cellules, l'un de ses aînés atteint d'une maladie génétique grave. Mgr André Vingt-trois a mis en garde sur LCI contre les dangers d'une « instrumentalisation d'un être humain au service des autres ».

Un « pas excessivement grave » a été franchi, a estimé sur la même chaîne la présidente du Parti chrétien-démocrate, Christine Boutin. « Je salue la prouesse technique, mais je lance un cri d'alarme, car en réalité, la question qui est posée ici, c'est l'instrumentalisation de la personne conçue simplement pour rendre service, pour être utilisée », a-t-elle déclaré. « En tant que telle, il se posera toujours la question de savoir : est-ce que, véritablement, j'ai été voulu pour moi-même ? Il y a une instrumentalisation, une sélection des embryons, ça me rappelle un certain nombre de philosophies eugéniques. On a franchi un pas excessivement grave », a ajouté Christine Boutin. « Il faut que le politique fasse attention parce que l'homme devient un objet de consommation et un matériau comme n'importe lequel. »

L'annonce de la naissance de ce « bébé-médicament » a été faite à la veille du début de la révision de la loi bioéthique à l'Assemblée nationale.

La Croix : L'Église déplore « l'instrumentalisation » du bébé médicament

Pour l'archevêque de Rennes, chargé des questions de bioéthique pour la Conférence des évêques de France, «chaque enfant a le droit inaliénable de naître pour lui-même».

Dès le mardi 8 février, le cardinal André Vingt-Trois, archevêque de Paris, avait exprimé ses réserves après l'annonce de la naissance du premier bébé médicament [...]. Le 9 février, lors d'une conférence de presse [...], Mgr Pierre d'Ornellas [...] s'est étonné que cette naissance coïncide avec le débat parlementaire sur la loi de bioéthique. À ses yeux, cette concordance souligne la double étrangeté de cette naissance.

«La légalisation de l'instrumentalisation de l'enfant à naître est contraire au plus élémentaire respect dû à tout être humain, en particulier l'enfant. Elle contrevient à l'intérêt primordial de l'enfant, stipulé par la Convention internationale des droits de l'enfant», a affirmé Mgr d'Ornellas.

Pour lui, la naissance du bébé médicament constitue une «fausse piste», selon l'expression employée par les huit évêques de la province de Rennes qui ont publié le 9 février un communiqué commun. «Chaque enfant a le droit inaliénable de naître pour lui-même, d'être aimé pour lui-même et accueilli pour lui-même», a rappelé Mgr d'Ornellas, jugeant «indigne l'instrumentalisation de cette naissance pour peser dans le débat parlementaire».

N'ignorant pas que les élus ont fait l'objet de nombreuses pressions, y compris de la part de mouvements catholiques voulant défendre leurs positions, l'Église a appelé à la reprise d'un dialogue qui s'appuie sur «le respect et la sagesse».

«Il s'agit de réfléchir à frais nouveaux sur la technique et sur son utilisation, de prendre garde à la fuite en avant dans l'utilisation irréfléchie des techniques au fur et à mesure que nous les connaissons. Ce qui est techniquement possible n'est pas nécessairement raisonnable en soi ni pour l'intérêt général. La technique qui voudrait supprimer toute vulnérabilité ferait fausse route car la vulnérabilité appartient à la condition humaine», a insisté Mgr d'Ornellas.

Et l'archevêque de Rennes de s'interroger sur la «tentation démiurgique d'une société qui veut maîtriser l'ensemble des cellules vivantes» en négligeant le sort de l'enfant à naître. «Lorsque j'ai commencé à prendre en charge le dossier de la bioéthique en 2007, ma grande surprise fut de constater que l'enfant avait été le principal oublié des lois de bioéthique de 1994 et de 2004.»

Bruno Bouvet, 10 février 2011 © La Croix

1. Après avoir lu les quatre articles, donnez les informations les plus importantes à connaître pour comprendre l'événement.

2. Relevez les arguments respectifs des partisans et des opposants qui s'expriment sur ce sujet.

3. Tous les journaux ont-ils la même manière de présenter le débat ? Pourquoi l'un des articles n'est-il pas signé ?

Entretien avec Pierre Bordage[1]

Quelles ont été vos influences majeures dans votre travail (en particulier pour ces nouvelles) ?

Je ne sais pas toujours retracer la genèse de mon travail. Je suppose que les influences sont multiples, livres, films, BD, etc. Sans doute des livres comme les *Chroniques martiennes* ou *Les Seigneurs de l'instrumentalité*, univers reposant sur des nouvelles cohérentes, évolutives, m'ont-ils inconsciemment marqué. Je ne suis pas un nouvelliste naturel, étant plutôt au départ attiré par les cycles romanesques. J'ai appris peu à peu à aimer l'exercice, qui est à la fois un formidable laboratoire d'écriture et une mécanique de précision qui oblige à polir l'écriture, à la préciser.

1. Entretien réalisé entre décembre 2010 et février 2011.

Quel lien entretenez-vous avec vos personnages ? Quelle est la part autobiographique dans vos romans et nouvelles ?

Je crois qu'un auteur est toujours caché quelque part dans ses personnages, je dirais même dans plusieurs de ses personnages. Il n'y a pas de part autobiographique proprement dite dans mon travail, mais l'écriture se nourrit aussi du sang de l'auteur, de sa chair. N'empêche que les personnages ont leur vie propre et qu'ils n'en font qu'à leur tête. Ils m'échappent, me surprennent. Je fais souvent la comparaison avec les enfants : ils sont faits d'une partie de vos gènes, mais ils ne sont pas vous, ils ont leur personnalité, leur autonomie. Tant mieux, j'adore être surpris.

Vous avez pratiqué des formes d'écritures très différentes (livre-enquête, scénario, novélisation, feuilleton...). Que vous ont-elles apporté ?

Chaque type d'écriture apporte quelque chose de différent et d'enrichissant. Par exemple, je viens d'écrire un spectacle sur Demy, le cinéaste nantais, et j'ai trouvé l'écriture pour le spectacle vivant très dynamique, très rythmique. Chaque expérience apporte quelque chose. Se glisser dans l'univers de quelqu'un d'autre, être un simple maillon d'une chaîne (cinéma) et accepter de disparaître après avoir transmis le témoin (le texte), se livrer à l'exercice périlleux du feuilleton (tenir les lecteurs en haleine sans vraiment savoir où on va)... Bref, ce sont des mises en danger excitantes et des façons différentes de sortir de la routine qui peut parfois s'installer. Je reste ouvert à d'autres formes de récit : je me suis essayé au feuilleton audio diffusé par mp3 et je pense que la technologie va nous pousser sans cesse à rechercher de nouvelles formes d'expression.

Vous êtes habitué aux cycles romanesques et moins aux nouvelles. Comment abordez-vous la forme brève ?

Pour moi, la forme brève doit être écrite dans un temps... bref ! Comme je ne suis pas un nouvelliste naturel, il faut souvent que je sois provoqué, invité à participer à une anthologie par exemple, pour m'y mettre. J'adore d'ailleurs ce petit défi lancé par le sujet imposé. J'attends que l'histoire vienne à moi et, le jour où je me décide, il faut que l'écriture jaillisse. Si je passe plus de deux jours à la rédaction d'une nouvelle, je considère qu'il y a un problème. L'aspect instantané est pour moi très important. Ce qui me change totalement des romans, où l'investissement est long et lourd. La nouvelle ouvre une petite fenêtre sur un univers et la referme aussitôt.

Dans quel contexte avez-vous imaginé et écrit ces cinq nouvelles ?

De ces cinq nouvelles, seule « Nouvelle Vie™ » n'a pas été une invitation, une provocation. Je l'ai écrite pour apporter un texte inédit et éponyme au recueil. « Jour de noces » aussi, mais je l'ai écrite pour la revue *Galaxies* et, le sujet étant libre, je me suis lancé dans cette histoire de pure virtualité. « La classe de maître Moda » a été écrite pour l'Éducation nationale avec, pour thème, l'école du futur. J'ai d'ailleurs été invité à l'université d'Hourtin pour participer au débat sur l'avenir de l'école. « Ma main à couper » a été écrite à l'occasion d'une résidence d'auteurs à Rezé, en banlieue de Nantes, avec, comme seule obligation, de rédiger un texte ayant pour cadre Rezé. Je me suis donc promené dans la ville jusqu'à ce que je trouve mes endroits et mon sujet. La nouvelle a été lue en public en fin de résidence par un comédien, une expérience là aussi intéressante. Enfin, j'ai écrit « Les frères du G5 » pour un quotidien local, *Presse-Océan* avec, pour cadre, la ville de Nantes, qui est aussi ma ville de cœur.

Pouvez-vous nous dire de quelles idées vous êtes parti pour chacune de ces nouvelles et quelles étaient vos intentions en les écrivant ?

Pour « Nouvelle Vie™ », l'idée de départ était de démontrer l'absurdité du brevetage du vivant, ce qui est en train de nous tomber dessus avec les OGM. Au point même d'infecter les familles et de pousser une fillette à vendre son propre père. La biotechnologie est un sujet passionnant par les problèmes fondamentaux qu'elle soulève.

Pour « La classe de maître Moda », mon intention était d'aborder le thème de l'enseignement virtuel et du partage des connaissances. C'est également une réflexion sur la tentation élitiste qui, à mon avis, pourrit depuis tous temps les sociétés humaines.

« Jour de noces » illustre l'avènement du virtuel et le danger de se réfugier dans un monde factice. C'est également une façon d'aborder l'illusion sous toutes ses formes et une manière science-fictive d'illustrer le concept de la Maya[1] hindoue, pour qui le monde réel lui-même est illusoire. Quelle est la réalité de notre réalité ?

«Ma main à couper» est inspirée par le thème de la pauvreté, conséquence d'une société libérale outrancière (pléonasme) qui entraîne des individus à jouer leur propre vie dans des jeux truqués et nauséabonds (télé-réalité ?). C'est également une métaphore sur l'instinct animal, sur l'instinct de survie et la tentation de la prédation, de la sensation de puissance donnée par le pouvoir et symbolisée ici par la chasse.

«Les frères du G5» traite du clonage et des conséquences incalculables qu'il engendrerait, conséquences morales, sociales, juridiques et surtout humaines. C'est de nouveau une réflexion sur les possibilités et les dérives de la biotechnologie, une minuscule participation au débat éthique.

Quelle est votre réaction à l'idée de faire partie de la collection «Étonnants Classiques» adressée aux élèves de collège et de lycée ?

Je suis à la fois surpris et honoré, et je me demande parfois si je suis encore vivant ! J'espère seulement que mes textes ne seront pas des pensums[2] pour les élèves, voire qu'ils les inviteront à découvrir d'autres textes, d'autres auteurs.

1. Est-ce que les intentions de l'auteur correspondent à ce que vous aviez compris des textes ?
2. Quelles autres questions aimeriez-vous poser à l'auteur concernant ses œuvres ?
3. Y a-t-il des œuvres de Bordage ou d'autres auteurs que vous avez envie de lire après la l'étude de ce recueil ? Pourquoi ?

1. Pour certaines religions hindoues, la Maya est l'illusion d'un monde physique que nous prenons pour la réalité. On ne peut atteindre la vérité qu'en perçant le voile des apparences, le voile de Maya.
2. ***Pensums*** : devoirs difficiles et pénibles.

Critiques

Le milieu de la science-fiction est actif sur Internet et compte de nombreux sites spécialisés qui diffusent des dossiers et des critiques sur le genre, certains reprenant des articles déjà publiés en revues.

Nous vous proposons une sélection de cinq critiques en ligne portant sur *Nouvelle Vie*™ dont sont extraites les nouvelles de notre recueil[1].

www.actusf.com

« Un goût de déjà vu »[2]

On connaît Pierre Bordage, auteur de romans et de grands cycles : *Les Guerriers du silence* (Grand Prix de l'Imaginaire et prix Julia Verlanger en 1994), *Wang* (prix Tour Eiffel de la science-fiction), *Rohel le conquérant* ou encore dernièrement *L'Ange de l'Abîme*. Par contre, on connaît moins Pierre Bordage, le novelliste. […]

Un homme, dont les gènes ont été brevetés par une compagnie, qui se retrouve rat de laboratoire pour sauver sa fille, un paumé qui se vend pour servir de proie dans une partie de chasse à l'homme, une école à la maison qui conditionne les enfants pour devenir des êtres parfaits […]. Pierre Bordage nous offre ici des instantanés de vie dans un univers où tout s'achète et tout se vend : patrimoine génétique, vie, futur et même la mort.

Dans ce recueil de nouvelles, le lecteur découvrira un kaléidoscope des thèmes et univers habituels des romans de Pierre Bordage : biotechnologies qui empiètent sur la liberté de l'homme, quête vers une humanité parfaite au détriment de l'individu, dérives de l'évolution technologique (clonage, manipulations génétiques...), sociétés hyper-industrialisées...

---

1. Que tous les auteurs des critiques ainsi que les responsables de sites qui m'ont autorisé à reproduire leurs textes soient ici remerciés.
2. Article complet sur www.actusf.com.

Ainsi, Pierre Bordage mélange le pire de l'Homme et le meilleur. La violence côtoie l'altruisme. L'individualisme et l'apathie se mélangent avec l'amour et la rage de vivre. Si dans l'ensemble, les nouvelles sont réussies et écrites dans un style irréprochable, peu d'entre elles marquent le lecteur. Pourquoi ? Peut-être tout simplement car elles ont un goût de déjà vu, ou plutôt de déjà lu [...]. De même, dans «Ma main à couper», Azem se retrouve à jouer le rôle de cible dans une chasse à l'homme dans un environnement urbain. Rapidement, il se rend compte que les chasseurs peuvent le suivre à la trace... Grâce à sa puce biologique. Ça ne vous rappelle pas *Running Man* de Stephen King ? [...]

Laure Ricote

www.noosfere.com

« Un appel à la résistance[1] »

Premier recueil de nouvelles de Pierre Bordage, *Nouvelle Vie*™ reflète parfaitement les thèmes chers à l'auteur, avec cette petite touche de désespoir qui en rend la lecture déprimante. Mais si le constat est dur, le livre n'est finalement pas autre chose qu'un appel à la résistance, ce dont aucun lecteur de S-F ne se plaindra.

Parmi ces treize courts textes, on retiendra la nouvelle titre, inquiétante exploration d'une société qui a fini de breveter le vivant. Conséquence logique, le capital génétique des individus peut tout à fait appartenir à une entreprise... Autant pour la liberté démocratique tant vantée, autant pour les lois éthiques tant louées, autant pour les bienfaits du libéralisme tant désiré, autant (et c'est sans doute le plus grave) pour les relations normales entre parents et enfants. Au fil des pages se dessine le paysage mental d'un auteur tout à tour intimiste [...] ou franchement désespéré [...], avec cette obsession systématique de l'oppression des individus par des entités si puissantes qu'elles en perdent toute notion d'humanité au profit de la rentabilité. Dès lors, aucune morale, aucune éthique n'est applicable, et les individus doivent survivre comme ils peuvent, sans que

1. Critique complète parue dans le magazine *Bifrost* n°36 en octobre 2004 et mise en ligne sur www.noosfere.com le 25 novembre 2005.

jamais se dessine ne serait ce que l'espoir d'une porte de sortie. On pourra reprocher une certaine forme de simplisme à l'auteur, mais on ne pourra nier l'efficacité de ses nouvelles, toutes intelligentes et angoissantes, porteuses de questions et parfaitement logiques quant au futur qu'elles anticipent. Brrrrr.

Patrick Imbert

« Ses récits font froid dans le dos [1] »

Bordage écrit peu de nouvelles : il a davantage le souffle long. Les douze qui composent ce recueil, [...], permettent de constater que l'auteur de *Wang* et *Abzalon* est aussi à l'aise dans la forme courte. Ses récits ont la fluidité et la simplicité qui font mouche. On reste d'ailleurs séduit par sa puissance d'évocation qui, avec trois dialogues et deux descriptions, fournit au lecteur la vision d'un univers entier.

Certes, l'originalité est parfois absente : organiser une chasse à l'homme pour des jeux télévisés («Ma Main à couper») est un sujet difficile à renouveler depuis Sheckley, les clones prenant la place des originaux («Les frères du G5») sont aussi un thème rebattu [...].

Ses récits font cependant froid dans le dos, comme «Jour de noces», [...] où l'humanité est réduite à vivre une existence numérique [...]. On est davantage effrayé, dans la nouvelle éponyme du recueil, par l'insensibilité des enfants élevés dans une société où l'homme devient à son tour une marchandise.

Si Bordage souligne bien chez ses personnages l'envie, l'avidité, la cruauté qui les font agir, il est tout aussi attentif à déceler les moments de compassion ou de remords qui permettent de formuler quelque espoir pour l'avenir. On teste l'altruisme des élèves d'une école de privilégiés en leur imposant la présence d'un enfant défavorisé («La classe de maître Moda») [...].

La société qu'esquisse Bordage au fil de ces nouvelles n'est pas très optimiste, mais on y trouve encore des îlots de tendresse et de chaleur humaine. [...]

Claude Ecken

---

1. Critique complète parue dans le magazine *Galaxies* n°34 en septembre 2004 et mise en ligne sur www.noosfere.com le 2 janvier 2009.

www.cafardcosmique.com

« Un ouvrage tout à fait honorable[1] »

[…] Bordage nous révèle, par touches successives, le portrait d'une société future, une vision pas très gaie mais où dans les angles morts l'humain tente de s'aménager des niches de bonheur éphémère. Paradoxalement, c'est dans les nouvelles où l'humain est durement éprouvé ou dans celles où il s'efface presque totalement, que l'alchimie opère le mieux.

« Nouvelle Vie™ », qui donne son titre au recueil, appartient à cette catégorie. Elle illustre sans se bercer d'illusions l'interrogation : quels enfants laisserons-nous à la Terre ? « Jours de noces » […] extrapol[e] le devenir de l'homme, explorant […] le thème de l'univers virtuel […].

Mais Bordage a foi dans l'Homme et en sa compassion. Il imagine dans « La classe de maître Moda », un dispositif permettant aux plus démunis de profiter du système éducatif des pays développés tout en testant l'altruisme des écoliers de ces mêmes pays. […]

Parmi les récits qui ont moins emporté mon adhésion se trouvent quatre nouvelles. « Ma main à couper », variation sur le thème du jeu déjà abordé dans *Wang*, m'a paru la plus faible car trop convenue. « Les frères du G5 » est lisible mais ne brille pas d'une grande originalité […].

Ce recueil de Pierre Bordage est un ouvrage tout à fait honorable que l'on ne peut que recommander, même à ses détracteurs.

Laurent Leleu

1. Critique complète mise en ligne sur www.cafardcosmique.com le 10 juillet 2004 sous le pseudonyme Ubik.

www.sfmag.net

« Une facette "dispersée" du talent de l'auteur[1] »

Pierre Bordage fait partie de ces rares auteurs qui ne refusent pas de se frotter à toutes les formes d'écriture et d'aborder des domaines fort différents les uns des autres. Outre la fresque (*Les Guerriers du silence*), il s'est essayé à l'écriture feuilletonesque (*Les Derniers Hommes*), au polar (*Graines d'immortels* ou *Nuits-lumière*), à la novélisation (*Atlantis*), à un travail approfondi sur le langage dans *Les Fables de l'Humpur*. Ce n'est donc pas seulement un coureur de fond capable d'animer des univers flamboyants sur de nombreux tomes, c'est également un « sprinter » qui, en quelques pages, magnifie un sujet. Dans ce cas, le cri d'alarme pour le futur ou la dénonciation de faits de sociétés, prend la forme de textes qui, à l'instar des projectiles d'une arme, atteignent immanquablement leur cible : nous faire réagir et secouer notre apathie.

Avec *Nouvelle Vie*™, L'Atalante réunit des textes écrits à des occasions précises entre 1999 et 2004. Au nombre de douze plus un prologue, ces nouvelles balaient un futur où l'homme est confronté à des conditions de vie de plus en plus difficiles. Cela passe par une société décadente où les valeurs morales basiques ont disparu, où règne sans partage la loi du marché, y compris sur la nature profonde de l'homme, où l'environnement est en perdition, mais les domaines d'exclusion en croissance. La liberté a totalement disparu, les sentiments humains sont encadrés, mesurés, contrôlés et ce, dès le plus jeune âge. L'homme est fiché, enkysté de puces qui permettent une robotisation. Ce qui est frappant, également, c'est l'aspect d'inéluctabilité qui pèse sur les individus, la fatalité qui rejoint, de fait, la programmation ou plus globalement la destinée. En revanche, la rouerie reste fort usitée et l'apanage des femmes si l'on en croit le parcours de Lisbeth, dans la nouvelle inédite qui donne son titre au recueil ou celui de Joa dans « Ma main à couper ».

Ces nouvelles crépitent de mises en garde, d'avertissements sur le devenir probable de faits de sociétés, anodins aujourd'hui, mais qui s'amplifiant, prendront la dimension de catastrophes dans quelque

---

1. Critique complète mise en ligne sur www.sfmag.net. La disposition en paragraphes est de notre fait.

temps. Ce constat est d'autant plus terrible qu'il est fait par un observateur neutre à l'écoute du monde et qui a la sensibilité pour percevoir, pour anticiper... à l'inverse des experts qui ne savent que se tromper […].

Ce recueil est l'occasion de redécouvrir une facette « dispersée », du talent de l'auteur, montrant qu'il est capable, avec la même réussite, de passer du cycle de *Rohel* à une nouvelle rédigée lors de La Nuit de l'écriture à Rezé ou demandée par le CREPAC d'Aquitaine.

Serge Perraud

1. Quelles sont les nouvelles les plus appréciées des critiques ? Les moins appréciées ? Pour quelles raisons ?

2. Avez-vous le même avis au sujet de ces nouvelles ? Quels sont les éléments qui vont les ont fait plus ou moins apprécier ?

Activités d'écriture

Article argumentatif

En vous inspirant des quatre articles de presse proposés plus haut (pp. 140-146) écrivez un article d'abord explicatif (exposant la situation), puis argumentatif (en présentant les différents arguments portant sur le débat) autour du « bébé médicament ». Vous conclurez en développant votre opinion personnelle.

Entretien et critique

En analysant les méthodes d'écriture d'une critique (voir celles qui sont proposées pp. 150-155) et après avoir lu le présent recueil, écrivez votre propre critique des nouvelles de Bordage. Vous proposerez ensuite quelques questions à poser à l'auteur pour prolonger ce travail.

Recueil

Après avoir analysé l'ordre dans lequel sont données les nouvelles de ce recueil, proposez à votre tour un arrangement personnel des nouvelles fondé sur des critères propres (thème, ambiance, date d'écriture...) que vous justifierez en un paragraphe argumenté.

Rédactions

Suite de texte

Écrivez la suite de « Les frères du G5 » en imaginant la nouvelle vie du frère du G5. Vous devrez respecter les éléments du monde de science-fiction développé par l'auteur, sans que cela vous empêche d'inventer des détails personnels.

Dialogue argumenté

Jérémie Quint apprend la vérité et parvient à échapper aux employés de La Vie™. Il revient trouver sa fille Lisbeth. Imaginez le dialogue qui a alors lieu entre le père et sa fille. Chacun justifie les décisions qu'il a prises.

Analyse d'images

Reportez-vous au cahier photos pour répondre aux questions suivantes :

1. À quel sous-genre de la science-fiction appartiennent les différentes images que vous pouvez observer ? Sur quels éléments peut-on s'appuyer ?
2. Par quels moyens ces images représentent-elles des univers impossibles ?
3. En quoi peut-on dire que la plupart de ces images sont argumentatives ? Que cherchent-elles à montrer ?

Pour aller plus loin

Films sur le clonage

Bienvenue à Gattaca, Andrew Niccol (1997)
Alien, la résurrection, Jean-Pierre Jeunet (1997)
The Island, Michael Bay (2005)

Films sur la chasse à l'homme

Les chasses du comte Zaroff, Ernest B. Schoedsack et Irving Pichel (1932)
Le prix du danger, Yves Boisset (1983), d'après la nouvelle homonyme de Robert Shekley.
Running Man, Paul Michael Glaser (1987), d'après le roman homonyme de Stephen King.

Romans dystopiques

Nous autres, Eugène Zamiatine (1921)
Le meilleur des mondes, Aldous Huxley (1932)
1984, George Orwell (1949)

Ouvrages spécialisés

Franck Evrard, *La nouvelle*, coll. Mémo, Seuil
Jacques Baudou, *La science-fiction*, coll. Que Sais-Je ?, PUF
Galaxies n°21, été 2001, « Dossier Pierre Bordage », pp.94-130 (le dossier inclut la nouvelle « Jour de noces »)

Sites dédiés à la science-fiction

www.actusf.com

Ce site qui vient de fêter ses dix ans se veut « le site web de l'actualité de la science-fiction » et assume également une activité d'éditeur.

www.cafardcosmique.com

Ce site spécialisé dans les littératures de l'imaginaire décernait chaque année un prix ; alors qu'il a récemment fermé, sa base de données reste néanmoins consultable.

www.noosfere.com

Ce site est celui d'une association dont le but est de promouvoir la science-fiction et propose notamment une encyclopédie du genre.

www.sfmag.net

Ce site est la version Internet d'un magazine bimestriel qui aborde « toutes les dimensions de l'Imaginaire ».

Création maquette intérieure :
Sarbacane Design.

N° d'édition : L.01EHRN000408.C004
Dépôt légal : novembre 2013
Imprimé en Espagne par Novoprint (Barcelone)